阅读即行动

James Wood
[英]詹姆斯·伍德 著

The Book Against God
不信之书

张朔然 译

图书在版编目(CIP)数据

不信之书 / (英)詹姆斯·伍德著；张朔然译. — 北京：北京联合出版公司，2024.6
 ISBN 978-7-5596-7603-0

Ⅰ.①不… Ⅱ.①詹…②张… Ⅲ.①长篇小说—英国—现代 Ⅳ.①I561.45

中国国家版本馆 CIP 数据核字(2024)第 084386 号

THE BOOK AGAINST GOD
Copyright © 2003 James Wood
Chinese Simplified translation copyright © 2024
by Neo-cogito Culture Exchange Beijing Ltd
Published by arrangement
through THE WYLIE AGENCY (UK) LTD
All rights reserved

北京市版权局著作权合同登记　图字:01-2024-1377

不信之书

作　　者：	[英]詹姆斯·伍德
译　　者：	张朔然
出 品 人：	赵红仕
出版统筹：	杨全强　杨芳州
责任编辑：	李　伟
特约编辑：	金　林
封面设计：	彭振威

北京联合出版公司出版
(北京市西城区德外大街 83 号楼 9 层　100088)
北京联合天畅文化传播公司发行
北京启航东方印刷有限公司印刷　新华书店经销
字数 199 千字　775 毫米×940 毫米　1/32　10.875 印张　插页 2
2024 年 6 月第 1 版　2024 年 6 月第 1 次印刷
ISBN 978-7-5596-7603-0
定价:68.00 元

版权所有,侵权必究
未经书面许可,不得以任何方式转载、复制、翻印本书部分或全部内容。
本书若有质量问题,请与本公司图书销售中心联系调换。
电话:010-64258472-800

因为主所爱的,他必管教,又鞭打凡所收纳的儿子。

————《希伯来书》12:6

给我的父母,以及 C. D. M.

第一章

我三次不认我父亲，两次在他去世之前，一次在他去世之后。

第一次不认归咎于《泰晤士报》的讣告编辑。那是差不多两年前的事情了，那会儿我还和妻子简·谢里丹住在一起，但我们总在争吵。我在伦敦大学学院教哲学，在学生眼中，我的形象总是带有一些浪漫色彩，甚至有点可怜。我的资历不太够格，教的课虽然也印在课程手册上——但用的是和主修课程颜色不同的墨水，不情不愿似的。更侮辱人的是，大学竟然按小时付我薪水！在其他教授眼里我跟死人没区别，在学生眼里我活得勉强，说到底二者也没什么不同。

我们陷入债务泥潭时，发小马克斯·瑟洛主动伸出援手。他现在是《泰晤士报》成功的专栏作家——那种一提笔就要援引塔西佗或穆勒的人——称其腹笥便便绝不为过。他知道报社提前准备好大人物的讣告,并且大部分都是自由撰稿人写的。因此,马克斯把我推荐给讣告编辑拉尔夫·海格利,建议他让我来写哲学家和知识分子的讣告。海格利遂邀请我共进午餐。我们在科文特花园一家高级餐馆碰面,这家意大利餐馆价格不菲,铺着雪白整洁的桌布,像蒸汽浴室里一样安静,奶酪堆得仿佛庞贝古城的废墟,手推车推着经过时悄无声息——我们坐在靠窗的一桌。成列的车停在窗外的街上,一个交通协管员从一辆车走到另一辆,手里拿着纸笔,俨然一位在餐馆里等客人点菜的服务员。海格利人到中年,脑袋奇大无比,脸色苍白,有一种病态的阴郁。他穿了一套像塑身衣一样厚的双排扣西装,一条华丽的丝质领带打成鼓鼓囊囊的结。奇怪的是他脚上的鞋却异常孩子气——像拖鞋一样柔软而有弹性。"我的脚不太好。"他注意到我下移的视线,解释道。

"如果你不介意,容我来帮你点菜吧,"他说,"这家餐厅的菜单还是有讲究的,我花了好几年才搞清楚这里头的名堂。"他一边说一边环顾四周，露出奇怪的轻蔑。

海格利说，自由撰稿人会提前为某些"候选人"写好讣告。他尤其关注那些公认身体欠佳，或年老体衰的哲学家。他一边不耐烦地鼓捣裤兜里的钥匙串，一边报出一连串名字。

"阿尔都塞怎么样？他快不行了，是吧？可能快轮到他了。还有另外一个住在巴黎的老兄，那个罗马尼亚人，齐奥朗。我听说他现在也不太好，罗马尼亚人的基因啊……有没有美国人？我们总是会漏掉美国人，他们一旦挂了，我们就得加班赶工。我不喜欢赶工。其他报纸才这么做，对不对？哦，我们需要找人更新一下波普尔那篇了，稍微润润色。我听说他好像有点病恹恹的。"

我心领神会。但由于对哲学家的健康状况一无所知，我只能现编一些。

"据说，"我说，"几个伦敦大学学院的同事都跟我说过，伽达默尔的情况不太乐观。"

"好极了！把他加到名单上。"一如既往，我在撒谎时感到浑身燥热，一阵晕眩。

"众所周知，德里达也一直病病歪歪的。"

"是吗？那我们可得锁定他，在他……自我解构之前——这不是他的原话吗？"

午餐结束，我带着四项委托任务离开——齐奥朗、波普尔、伽达默尔、德里达——每篇两百镑。

但我一篇也没写。别的事情妨碍了我。七年来，我一直想要写完我的博士毕业论文，但我好像总是不喜欢把事情做完。最近我就为一本名为《不信之书》的个人项目而冷落了博士论文。在这本书中，我选摘了一些宗教和反宗教引文，由此展开一套关于神学和哲学问题的个人阐述。我已经不知不觉写了满满四大本笔记本，对我个人而言，它好像真成了我毕生的工作。每当我准备着手写那几篇该死的讣告时，总是恰好迸发出对那本书至关重要的灵感，那一天我就会完全沉浸在神学和反神学的思绪中。

终于，海格利厌倦了等待，写了一封语气激烈的信给我。他在信中抱怨自己已经白等了三个月，却什么也没有收到。他是否还应该视我为拟发讣告的撰稿人？我一向不能很好地应付压力。我很想留在海格利的订货单上。突然间我意识到，要解释拖延的原因，得到海格利的同情，最有效的办法就是让他知道，最近我一直在处理一篇最为迫在眉睫的讣告：我告诉他，我的父亲在一个月前去世了,悲痛中我无法处理手头的各种事务。海格利回信表示哀悼。于是乎我想拖多久就可以拖多久了。

这个办法如此奏效,以至于当我在一个月后收到税务局的来信,列出了我多年来从事各种兼职工作的未缴税款时,我又故技重演了一回。通常我都直接忽略这类信件,但这封信以咄咄逼人的气势逼视着我。不知何故,我的名字是用加粗的大写字母打印的:**托马斯·邦汀**。我打开它,发现自己被传唤去温布利出席一个"听证会"。我要在那里接受政府审计人员的"评估"。如果有任何情有可原的理由导致我迟迟未缴税,我应该提交一份书面说明,并在听证会上宣读这份说明,作为自我辩护。

这就是为何三个星期后,我坐在一张办公室常见的、泛着人造光泽的焦糖色桌子旁——对面坐着四个穿西装的男人,其中一人在朗读我的信。我在信里解释道,由于我父亲最近去世,处理遗产相关的事务十分烦琐,导致我没能及时纳税。我对目前的状况感到十分抱歉,但过去三个月里本人一直处在悲痛和震惊中,无暇顾及此事,是否可以寄望于评估员对此抱有宽容和同情

（这个词下面加下画线），愿意再宽限我六个月时间补缴税费？读信的男人瘦骨嶙峋，声音单调乏味，如果闭上眼睛，几乎可以肯定他手上在忙活别的事情。我始终低垂着眼睛，竭力表现出悲恸欲绝的样子。

延期缴税被批准了。当然，我父亲那会儿还活着。我算准了这种极端措施会奏效。但如果我知道父亲在我写完这封信后一年内就去世了，我不会做出这样的事情。

我们无法计划谎言的后果。

第三次"不认"发生在我父亲去世后，这并不是谎言，但那时却感觉像谎言。今年夏天，我在哈罗德百货公司的地下搬运部打工，我告诉部门经理吉米·马德罗斯，我父亲刚刚去世，因此无法继续在这里工作。我说的是实话，但感觉却像在撒谎，因为我立刻看出他并不真的相信我说的话。我感到很委屈——我没有撒谎，难道不该为此得到表扬？正如《塔木德》里的一句箴言所说，"没机会下手的贼还觉得自己是一个诚实的人。"

第二章

现在是九月份,准确地说是1991年9月12日,我父亲去世四个月了;而更早之前,我和简之间的关系就开始恶化了。现在的我真是一团糟。我想起了从前在杜伦的历史老师达菲先生。有一天他走进教室,把废纸篓在桌上倒个底朝天。然后他脱下长袍打成餐巾似的褶,扔在那一堆废纸和灰尘上。当时班上有一个生性羞怯的小男孩,他的父母正在闹离婚,达菲先生走过去把他书桌上的东西都拿来放到那堆垃圾上。然后站在那张桌子后面,向前迈出一条腿,大声宣告:"1381年①,英格兰大乱!"这么多年后,我终于

---

① 1381年英格兰发生了农民起义。(本书注释均为译者所加)

明白他的意思了。

那时候我窝在芬奇利路上一栋20世纪30年代的房子里,一间很小的房间,大概是一间合租卧室。芬奇利路位于瑞士屋地铁站附近,永远堵得水泄不通。父亲的葬礼一结束,日渐疏远的妻子就判我"缓刑",于是在五月份我搬到了这里。父亲尸骨未寒,简就在葬礼上告诉我,除非我能向她证明我不再是个骗子,她才会允许我回到她身边。我现在才明白,这番话多少蕴含了一点"克里特人悖论"①的意味。四个月过去了,我们的关系没有任何进展,所以我到现在还一个人住在这里。房东要求我每周六早上用现金付房租。我的床紧挨着浴室那扇关不严的门,日日夜夜能听到马桶滴水的声音,这让我想到一个永远在流鼻涕的小男孩。我住在二楼,楼下就是空手

---

① 即"说谎者"悖论,最古老的语义悖论,源于公元前6世纪,克里特哲学家埃庇米尼得斯(Epimenides)说了一句很有名的话:"我这句话是假的。"这句话之所以被称为说谎者悖论,在于它没有答案。因为如果这句话是真的,那就不符合"我这句话是假的",则这句话是假的;如果这句话是假的,那就符合"我这句话是假的",即这句话是真的。因此这句话是无解的。这是一个自我指涉引发的悖论。

第二章

道练习馆,白天经常听到胜利和痛苦的叫喊声。我想念和简同住的那套公寓。它位于伊斯灵顿的丘陵地带,在一座有山墙的维多利亚式房子的顶层。从高高的窗户望出去,可以看到圣保罗大教堂那宛如警察头盔的穹顶,再远一点,还可以隐约瞥见议会大厦和护卫它的泰晤士河,沿着熙熙攘攘的河岸不舍昼夜流淌着。到了黄昏时分,我在窗前掂起一杯酒,等待简下班回家,深感养尊处优。我喜欢看着街灯用琥珀色点亮整个城市。

简一直为我的挥霍无度和挣不到钱感到沮丧。我不怪她生我的气。毕竟,我这个丈夫又算什么呢?伦敦大学学院仅仅是勉强接纳我;我整天穿着一件脏兮兮的印着佩斯利花纹的睡袍(不过衣料倒是上等的丝绸),闷闷不乐地在家里到处晃荡;博士论文没写完,却狂热地一头扎进"不信之书"——没错,就是狂热。简在圣三一音乐学院教钢琴,间或举办演奏会,有一些额外收入。我从伦敦大学学院领时薪,在他们还愿意雇我的时候。伦敦,和我的挥霍,吞噬了我们辛苦挣来的一切。我忍不住将自己的奢侈品位怪罪到已故的父亲彼得·邦汀头上。1959年,一直在杜伦大学教授神学的父亲辞去教职,成了一名牧师。他厌倦了教书,渴望主理一个教区。他被分到小镇以西十英里处桑德沙尔村的小教堂,毫无疑问,在他看来,大学老师的薪水和牧师津贴相差无几,任何突如其来的变故都丝毫不会影响到家人的生活。但我父母的经济状况可谓捉襟见肘;记忆中父亲似乎总是需要开车去杜伦和"银行经理"见面,商定如何安排"生命另一份契约"。尽管我父母并非禁欲主义者,天性热爱世俗,但我们的物质生活却始终匮乏。生活的质感被寒酸的家境筛得干干净净。

精打细算的生活反而滋养了我内在的奢侈品位,以及对于平凡的避之不及。比如我从来不用手帕擤鼻涕,因为鼻子里吹喇叭未免也太粗鄙了。(我总是悄悄地、秘密地清理鼻腔。)我喜爱精美的物品、丰沛的食物、稀有的氛围。我记得每一样陪伴我成长的东西,并孜孜不倦地寻找更高级、更天然的替代品:我父母拥有一幅俄罗斯圣像画的复制品,我便渴望得到真迹;他们穿尼龙质地的衣物,我就要穿棉制品;他们穿羊毛,我就要穿羊绒;他们喝传统香槟①,我就只喝我

---

① 原文此处为法语:méthode champenoise。

的凯歌香槟。他们的立式钢琴到我这里必须换成大三角钢琴。世俗主义者——正如我自认——有义务活得世俗，在自己选择的水疗中心接受异教之水的洗礼。不是有我最爱的哲学家之一尼采来为这个理念背书吗？还有加缪，这个阿尔及利亚人不仅是洗浴专家，也天生循循善诱。不过现在，芬奇利路上的滚滚车流整天从我窗前呼啸而过——我确实没有太多机会挥霍；那点微薄的收入，并且不管挣了多少（或讨了多少）我都得还给杜伦的菲利普·泽利，这个骗子和高利贷债主。他几乎把我这个夏天在哈罗德百货打工赚来的钱席卷一空。但我的生活会好起来的。

总而言之，说回我的婚姻。我奢侈的生活习惯让我们负债累累，更不用提税务局整天发询证函，这也是我和简经常吵架的原因之一。我们决定要一个孩子（或者更确切地说，是简决定要一个孩子），这个人生重大决定让她更加无法容忍我撒谎。"我们的孩子不能有一个爱说谎的父亲，汤姆①。这算什么榜样？"好吧，我也不喜欢说

---

① 汤姆（Tom）及后文提到的汤米（Tommy）即托马斯（Thomas）的昵称。

谎。撇开道德不谈，谎言让我本就混乱的生活雪上加霜，而我衷心希望能缓解这样的局面。很多时候，我可能在愉快地做自己的事情，突然感到一阵烦躁，我想起曾经撒过的小谎，然后意识到自己仍亟待从它留下的困局之中解脱。这样的状况已经好多了，因为我现在几乎不见什么人；但在我和简还住在一起的时候，我的谎言总是让我们的关系难以融洽。举个例子，我可能会随口编造借口说已经和戴维森夫妇有约，从而婉拒英庇一家的晚餐邀请；但不巧英庇夫妇却认识戴维森夫妇，这番托词很有可能穿帮；所以那一次为了避免露馅，我不得不真的致电戴维森夫妇，安排我们在英庇一家原本邀请的那天共进晚餐。

和税务局发生龃龉过后不久，简和我为了一件愚蠢的小事大吵一架。卡特琳·希利尔打电话来请我们两周后参加一个小型酒会，她显然是简的"敌人"之一——但我们在一起的四年里，我从未搞清楚到底谁是敌人谁是朋友，因为这个名单每周都略有变动。简去了圣三一学院，我正忙着写《不信之书》里关于克尔凯郭尔的一篇长文。他令人厌恶的基督教受虐狂言论让我深陷其中，整日天人交战："约伯胜利了吗？是的，永恒的胜利,因为他最后输给了上帝。"世界上没有人能抗拒这邪恶的悖论!天降大任于我,当卡特琳打来电话时,我正和这位丹麦信仰卫士斗得焦头烂额。由于措手不及,我没有直接拒绝,而是答应下来,心里暗暗叮嘱自己记得在日子临近时给她打个电话,随便扯个理由推掉。接着我继续埋头奋笔疾书,直到下午三点。当我起来透口气时,我惊愕地注意到公寓里乱七八糟,简吩咐我做的家务——吸地毯和洗早餐的脏碗碟——原封不动,简直不可思议。我无法面对这些鸡毛蒜皮,干脆进城买了本书,还一时冲动买了一条相当美丽的项链。我的爱人喜欢各式各样的珠宝。

简那晚很迟才回来,像往常一样砰!的一声用力甩门。伴随我熟悉的声音——乐谱夹上一个松动的金属扣叮当作响,从外面活色生香的世界回到我们温暖的客厅里,身上还带着一缕都市残留的凛冽气息。她穿着一条棕色的皮短裙(在我的建议下)和白色丝绸上衣。看着她,我不禁为她的男学生感到幸运,这可是史无前例的运气。

我迫不及待想要拿出那条项链送给简,但在这之前,我告诉她卡特琳和丹尼·希利尔邀请我们参加酒会,而我又不小心答应下来的事。

"好吧,汤米,我知道我们说好了不再说谎。"她向前倾身,轻轻地从我手中抽出香烟,吸了一口,盈盈笑道。深邃的眼眸仿佛向我投来一束光。她亲了我一下,然后掐灭了香烟。"抱歉,"她说,我望着烟灰缸里捻成一团的过滤嘴,"我受不了你晚上在家里抽烟。虽然我们都认为撒谎是不对的,但是现在你得再编一套谎话,好让我们不用参加卡特琳和丹尼的派对。我是不可能去的!"

"能不能再告诉我一次,为什么卡特琳现在又成了敌方阵营的人了?"我觉得有点好笑。"你想喝一杯吗?"我注意到简瞄着我手里的一大杯威士忌苏打。"我斗胆一问,喝酒是可以的吧?"

"再明白不过。"她态度倨傲地回答,如此强调的口吻,好像我是在试探她。

"是的,亲爱的,不过我可不明白。"我说。

"卡特琳对罗杰刻薄极了,他的合唱团上一次演出,她说了非常伤人的话。"

"我明白了。"

"你在取笑我。"

"唔,因为你把你的朋友——"

"他们也是你的朋友——"

"——你把你的朋友从一个阵营移到另一个阵营只有两个原因：不是在音乐上出现了分歧，就是在道德上产生了难以解释的矛盾。在卡特琳身上你成功合二为一了。"我听见自己的声音，和我父亲如出一辙——聪明，沾沾自喜。

"汤姆，不是所有事情都能用语言表达，这一点对于你们邦汀家的人来说可能是骇人听闻的。现在我不喜欢她，仅此而已。我们不可能去参加她的酒会。所以拜托你再耍一次你那套把戏吧，就当是为了我，好吗，达令？"她信步走进厨房，我陡然想起还有一大堆家务活没干。

"哦，达令，一回来就发现家里整个成了垃圾场，这也太可怕了。我不是让你洗碗的吗？"

"是的，你说了，我给忘了。很抱歉，但我今天下午不得不出门去城里，给你买了……这个！"

我把一个毛茸茸的小盒子递给她。她小心地打开薄薄的弹簧盒盖。

"你这是收买，收买……哦真是太美了！汤米，你真是太挥霍了，我已经拥有太多好东西，几乎都是你送的。"

为了诚实起见，我嗫嚅地说那其实是她

的钱。

"你不该这么说,傻瓜。"

一个优秀的骗子需拥有足够力量:他要有强大的精神意志,坚定的道德原则(正是为了能在灵魂深处将谎言与真相分开),而最最重要的是,他的记忆力必须过硬。我的精神意志和道德原则都足够坚定,但不幸的是,我健忘而且缺乏条理。我答应过想办法应付希利尔一家,但转头就忘了,突然就到了酒会的那一天,简看见厨房日历上写好的时间和名字(当然,是她自己写的)。

"你后来是怎么处理这件事的?"她问道。

"哦,还……没有。但是——但是,"我举起手让她冷静下来——"我们还是可以取消的。"

"当然不行啊!这样太失礼了。你什么都没做?"

"也是,这么做好像是很失礼。"我喃喃自语道。

"汤姆,我让你处理好这件事。两周之前我就说了。这个家里什么事情都得我来做!"

"我有一个计划。"我说。

"哦天哪。"简说道,她听起来似乎没好气。

"嗯,今晚我们不去,如果电话响起来也不要接。但明天晚上我们一起去克拉彭,而且要在卡特琳和丹尼今晚跟我们约定的时刻出现。"

"那也太傻了。"

"不,不会的。这看起来只会是我们把日期弄错了一天。很容易犯这种错误。现在最乐观的情况是丹尼和卡特琳已经出门了,我们可以留一条语音消息;但如果他们还没出门,他们也会原谅这个无心之过,邀请我们去喝一杯,我们会出于礼貌而婉拒,然后就万事大吉了。《标准晚报》上介绍了一家新餐厅,就在旺兹沃思那边,我们可以去那儿吃饭。"

"我们不能这么做。我让你代表我撒谎,不是拉上我一起撒谎。我做不到。而且我早就让你处理好这件事——不是事后再来补救!不,不,不,我才不演这出闹剧。哦天哪,这真是一个教训。"

"什么教训?"

"你知道我什么意思。"她话里有话。然后她振作了一点,我想大概最糟糕的时刻已经过去了。"而且谁来为这顿晚餐买单呢,克洛伊索斯①?"

我想极力劝说简接受这个计划。但她不愿意。结果我们还是去参加了派对,她又变得阴郁起来,整晚都在冲我发脾气,因为我没能在刚收到邀请时就回绝。除此之外,我们在希利尔家其实度过了一个相当愉快的夜晚,只是简拒绝承认这一事实。

---

① 克洛伊索斯是古代吕底亚的国王,吕底亚位于小亚细亚,国家领土较大,经济富裕,因此,克洛伊索斯被当时的希腊人称为最富裕的人,他的名字甚至成为"富有"的代名词,有"富如克洛伊索斯"(Riche comme Crésus)之说。

第三章

十年前，当我还在大学学院读书时，塞姆教授称我为"伪装大师"，他是什么意思？我自认是一个相当不错的哲学系学生——慵懒散漫，巧言令色，爱琢磨些冷僻刁钻的学问。教授布置读柏拉图，我偏偏要花上几天研究普罗提诺。这就是我的行事风格。与其说是欺骗，倒不如说是对约束的蔑视。我喜欢自由。我热爱自由！塞姆教授早就预言我要么在期末考试中获得高分，要么不及格。结果我成绩名列前茅，然后决定离开学校，乐于让本以为我会攻读博士学位的人大跌眼镜。

可我一离开学校，却开始真正渴望学习。我整天待在家里看书。好吧，不是在我家，而是切尔西区的卡尔叔叔家里。卡尔叔叔也不是我真正的叔叔,而是我父亲最好的朋友,在1939年从德国来到英国避难时,他还是个小男孩。在五十年代初,卡尔成了杜伦大学的学生,他在那里遇到了我父亲。父亲对年轻的卡尔关怀备至。后来,卡尔成了一位艺术品商人,在六十年代到七十年代间赚得盆满钵满。他在斯隆广场后面的街上有一幢房子,我大学毕业后搬进这栋房子和他同住,在一间宽敞无比、挂满当代艺术画作的卧室里度过了三年快活时光。在孩童般无忧无虑的日子里,我踏实读了许多书,除非到了山穷水尽的地步,才会偶尔做一些必要的工作,比如等送货员不期而至,把一幅丑陋的画从墙上拿走,换上另一幅丑陋的画。不过,我在卡尔叔叔家读书时总带着一种走投无路的绝望,即每打开一本书,我都希望它能告诉我该如何生活,如何思考;一旦意识到眼前这本并非"那本书",我的阅读速度就会变慢,正如狂热的心跳逐渐趋于平静,通常最后就将其丢在一边了。

最终,一定程度上出于父母的敦促,我还是回到了大学,开始攻读博士学位。一开始,我学习很用功;但后来就失去了兴趣和希望,在过去的两年中,《不信之书》对我来说变得更加重要。

问题就在于我开始阅读完全超出我的学术工作范围的书——早期教父作品,《诗篇》(反复阅读),佛教和伊斯兰教典籍。然后就一发不可收,我完全无法停止阅读这些"不相干"的书籍。

五年前,我在读博最瓶颈的时候遇到了简,我的坏毛病也开始冒头——不负责任、在无关紧要的小事上撒谎、假装没看到账单,诸如此类。彼时我二十六岁,简比我大六岁。我不否认自己缺乏责任感——尽管不像看起来那么缺乏。举个例子来说,结婚后简总为我没及时付清账单这件事大吵特吵,但账单最终还是付清了。十几岁的时候,我忘了在哪儿读到过,埃里克·萨蒂①从不拆开任何账单。我虽然没有萨蒂这么敢作敢当,不过有点萨蒂的风范总不是坏事。说来说去,我还是无法在世俗生活中完全规避自己的秉性。如果一个人认为他在世上只能活七十年左右,并且没有来世,那么他就无法将宝贵的时间浪费在循规蹈矩上。上帝啊,如果我整天忙于付账单,精打细算,打扫盥洗室,回复信件和电话

---

① 埃里克·萨蒂(Erik Satie, 1866—1925),法国作曲家。代表作有《玄秘曲》《苏格拉底》等。

留言，换衣服，洗澡还有其他事情，那么我这一辈子都在忙着孜孜不倦地把石头推上别人堆起的小山坡。

不，生活要永远为自由而奋斗。每当我给某家白痴公司或其他什么机构签支票时，我都觉得自己有点像一个坐在电椅上或躺在医院病床上的人，浑身上下插满了电线、导管和设备。所有这些令人窒息的触角——煤气公司、电力公司、房东、税务局、信用卡专员，都像哭闹的婴儿一样压在我头顶，强迫我一生臣服于漫漫无期的效忠。因此我坚决不拆账单，每次看到它们躺在厨房台面上的时候，我都有种轻微的快感，因为尽管信封里装着那些歇斯底里的要求，但从外面看，它们就像棋手一样冷静。然后我继续按兵不动，看着第二波浪潮在几周后原样重来，并且乐于把它放到厨房台面上的第一波浪潮之上。一旦抵御了这些信件，我就为迎接第三波浪潮做好了准备。整整十天后，一批信封特别的信件果然抵达，它们不是来自那些公司，而是来自收款机构——也就是执行官。这时的我就像一个体面的小资产阶级一样在支票上签上大名，并附上一句带有挑衅意味的话作为反击："另：鉴于款项已

第三章

付清,请贵方叫停打手。"

显然后来这问题就没那么棘手了,因为搬到芬奇利路的合租房后我就没有那么多账单需要付了。但我和简在一起的时候,这个问题总会引起我们之间的争执。我把它归咎于读博士。很显然,因为读了博士,我才会处在这种反常的弱势地位。作为丈夫,没有收入,没有权力,也没有地位。他能做的只有坐在家里,努力完成永远完不成的工作。我越想越觉得,我生活中所有事情都出错的原因,正是因为读了博士。

我常想,简一定很欣赏我的叛逆——尽管她从来都不曾是我这样的俗人——而且当我们陷入狼狈境地时,她也会和我一起自嘲。这就是为什么我难以理解她:我们婚姻的头两年,她似乎很欣赏我的不负责任。她本人极度遵纪守法,而我年少轻狂又天马行空,所以我想她是喜欢和我这样的小伙住在一起的。我觉得她几乎恳愿我不要付那些账单。我记得有一次我接了一个推销电话,听得她站在门口捧腹大笑。"请问是邦汀先生吗?"她知道我百分之百会这么回复:"哦不是。我是帮邦汀先生看家的,他要在香港待上一个月呢。也许你可以到时再打来?"

不过，简的确对我在金钱上的不负责任越来越愤怒。去年，在我父亲第一次心脏病发作的六个月前，因为信用卡的问题，我们大吵一架。起因是维萨信用卡公司的人开始不停地给我打电话，电话天天响起，永远是同一个人打的。所以在第四天还是第五天，我耍了个简之前颇为欣赏的伎俩。他刚开口说话，我就说，"你好？"他回复，"哦，您好，是邦汀先生吗？"然后我语气更加困惑地问，"你好？"好像听不清对方的样子。然后他会再一次说道，"您好，邦汀先生。"为了演得更逼真，我会把听筒放在嘴边，大声喊道，"简，这个该死的电话到底出了什么问题？我什么也听不见，老有人打来，他说的一个字我都听不清！这是今天第三次了！我们非得把电话修好不可！"然后我就把电话挂掉。简自然走过来问电话出了什么问题，我告诉她我只是用那个小伎俩打发"紧盯不放"的人。但简提醒我，既然我们已经结婚了，如果有人对我"紧盯不放"，那么这个人也是对她"紧盯不放"，如果我们有孩子，那个人也会对我们的孩子"紧盯不放"。这就是家庭的意义。她对我的挖苦像洪水一样愈发高涨。为了安抚她，我解释道只是维萨公司的人追讨逾期付款而已，不是什么严重的事情。

"可你告诉过我你已经付过账单了。"她说。

"有吗？我觉得不大可能。"

"上周你看着我的眼睛说你付过账单了，你在……我想你说的是在高尔街寄的。"

"哦，不，不是，我说的不是维萨卡账单。不是的。"

"那是什么？"

"另一个账单。"

"你知道吗，为掩盖第一个谎言而撒的谎，比原来那个谎言更让我厌恶！"简几乎气到全身发抖。

有些说谎者会告诉你，他们非常乐意在不得已的情况下忏悔，一旦他们开始说真话，真话就会源源不断地从口中涌出。我不是这种人。如果被抓住破绽，我情愿讲另一个谎言来掩盖第一个。我不愿放弃一个谎言，因为一旦它被戳破，我会瞬间怀念起它曾给予我的抚慰。但我也知道策略性投降的好处。

"好吧，我没付维萨卡账单。"

"所以你跟我说你付过的时候，是在撒谎。"

"不，我不觉得我撒谎了。我敢肯定我在跟

你说话的时候,确实觉得自己已经付过账单了。"

"哦,汤米。"简看着我,一脸不可思议。"跟我说实话!你难道不明白,比起你对信用卡公司撒谎,我更在意你对我撒谎吗?"

让我惊讶的不是简的愤怒,而是她的痛苦。坦白说,尽管我能分辨向妻子说谎和向维萨卡公司说谎的区别,但从哲学上来说,两者差不多是一回事。当然,这两个谎言都是如此渺小,如此投机,几乎不值得检验,更别提谴责了。问题在于简把这件事看得太重了。这是撒谎这个行为不寻常的一面——从哲学的角度来看——对于大部分人来说,谎言的大小与其影响力无关。像简这样的人分不清谎言的轻重;对他们来说,说谎这个行为本身就罪大恶极,但凡谎言皆应一视同仁。上帝在伊甸园就是这么做的。毕竟,亚当的罪其实微不足道,上帝却荒谬地夸大了它的后果。简仿佛将每个谎言都当作芦笋,无论我是吃一根还是吃十根,都会让我的尿散发出一样刺鼻的气味。

第四章

把我介绍给简的人,是我的朋友罗杰·特雷劳内。罗杰管理一个早期音乐合唱团。他为人热情友好,像个快乐的学童。他语速很快;上门牙有点歪,看起来好像不堪忍受如此语速带来的压力,想要从他的嘴巴里逃走,却不慎绊倒了彼此。我不是总能理解罗杰,因为他对待音乐界的方式也像个学童,给乐手和指挥们起各种外号并不吝加以点评。"这张是希特勒指挥的!"他一边把唱片放给我听,一边热切地说。他自有一套关于音乐的理论,但对我而言大部分都是胡说八道:"都是 D 大调,无聊得很。"或者"B 小调让人听了想自杀"。所以对他的话,我一般是左耳进右耳出。不过他对简·谢里丹这位"音乐朋友"的评价,我倒是听进去了,而且他终于拖着我去听了她在布卢姆斯伯里举行的一场小型演奏会。我本不想去，因为罗杰的音乐朋友我几乎都不喜欢。"你不会失望的，汤姆，"他说，"她是个出类拔萃的钢琴家，也很有魅力，是我高攀不上的那种人。"

当简走上舞台的时候，我并不认为她多么有魅力；她裹着一件巨大的、降落伞般的礼服，这种蓬松的蓝色生丝布料的礼服只有女性音乐家才会穿。走过钢琴时，她轻轻地拍了拍像太阳能板一样支起来的黑色琴盖，鞠了一躬，然后坐在红色带扣的皮革琴凳上，挠了挠脸颊，开始弹奏一段我从未听过的安静曲子。她的脖子和后背都很纤瘦，头发梳成一条紧绷的马尾，那条小山似的臃肿的裙子扼住了她细细的胳膊，她轻轻抬起双手，以划水的动作温柔地弹奏，仿佛在让钢琴平静下来，白皙的皮肤在灯光的照射下泛着盈盈光泽。我可以清楚地看到，她有一张美丽的脸；棱角分明的手臂和手腕也许和少女时期一样纤细，而琴凳上坐着的身形曲线则显得成熟圆润，这构成了一种情色的对比。当她聚精会神弹奏时，她的舌尖像中间的一片嘴唇一样若隐若现。她仿佛正坐在一张织布机前，平静地穿梭编织。演奏会结束后，我想和她见面。这个女人全情投入在工作中，这点极为吸引我。她是她的乐器的情妇。

演奏会结束后，罗杰和我向她走去。她站在钢琴旁，和一个穿着浅棕色皮衣的胖子说话，皮衣上有一道道白色褶皱，像生肉的脂肪纹路一样。稍后简介绍了他是皮卡迪利大街上圣詹姆斯教堂的管风琴手，"斯托科夫斯基①也曾是那里的管风琴手。"（我尽量让自己看起来好像知道这斯托科夫斯基是谁。）

"你觉得怎么样？"她问罗杰，脸上闪过一丝我后来所熟悉的那种难以取悦的骄傲。

"棒极了。"罗杰说，"就是那首贝多芬弹得有点快。"

"对，总之我需要千足虫一样的手指来弹作品109。"她说话干脆利落，"天啊，那些颤音！"我对这种坚定的随和感到惊讶，因为如果罗杰以这种方式批评我，我肯定会恼羞成怒。

一阵沉默。罗杰不善社交，他没有介绍我。

"我觉得你的演奏很精彩，很美妙。"我主动

---

① 利奥波德·安东尼·斯托科夫斯基（1882—1977），英国指挥家，古典音乐改编家。

说道。最后一个形容词让我有点尴尬。我自认既不帅也不丑,还算有点魅力。伊壁鸠鲁谈论"katastema",即肉体的稳定状态,并认为实现这一点就能达到极乐状态。我的长相既不出众,也不完全泯然众人,因此我能免受极端情感的影响,从而保持这种稳定;我既不想被女人拒绝,也不想被她们穷追不舍。与此同时,我对女性的感情也逐渐趋于平淡。但对于简,我却很快体会到了极端情感。她的眼神里有一种气质,让我坐立不安。那双不可思议的黑眼睛看向了我。睫毛这么粗,这么长!演奏会上她的区区侧影已让我惊为天人。

"对了,我是托马斯·邦汀。"

"哦,我总是听人说起你。"她说。

我想我立刻就为简神魂颠倒了。首先,她的双眼深邃到如果我盯着看,会觉得她似乎总是在对我生气。和强烈的眼神相比,她脸上的其他五官显得温柔许多:有很长一段时间,除了那双目光如炬的黑眼睛,我再也想不起她脸上的任何特征。她习惯把下巴抬高,好像要用牙齿叼东西似的。黝黑的长发一股脑儿扎成马尾辫,这条颤抖着垂下的辫子,似乎成了一根用来监测她情绪的精密探头。我对这条晃来晃去的光滑马尾了如指掌,因为简感情丰富,你无法预测她什么时候、为什么会笑(这时她的马尾会摇晃起来,像笑声的流苏)或者发怒(当她把头向左偏,并且愤怒地闭上眼睛时,马尾成了骄傲的笔刷,僵硬而纹丝不动)。她的鼻子很长,我觉得长鼻子都带有一点情欲的意味——她的脖子也很长。脖子下方是茶匙般优雅的肩颈线条。她的锁骨上有雀斑:热烈的吻痕,情欲的斑点。她的口音非常纯正。

罗杰提议去什么地方喝点东西。

"我可不要穿这身……晚礼服去,"简语气坚决,"穿这玩意儿让我感觉好像回到十岁,好像小丑就要突然跳出来逗我们开心。等我一下。"

她离开去换衣服。我唯一能听到的就是从远处传来伦敦的车流声,一个清洁工的拖把砰然倒在空荡荡的大厅地板上。五分钟后,简从一扇有她两个人高的沉重侧门现身,向我们走来。她的换装让我眼前一亮。之前那件丑陋累赘的丝绸礼服掩盖了她的真实曲线。但现在的紧身黑色牛仔裤和缀有大纽扣的白色上衣,就完全衬托出她的苗条、高挑和优雅。她把头发放了下来,扎了一条夺目的深红色发带,闪闪发光,好像画在头发上似的。我注意到她的左脚有点迟滞,但不是跛足。她弹钢琴的样子极其优雅,但一离开钢琴,她的身体仿佛变得有点笨拙,步履中带有小小踌躇。我痴痴地认为这也很美,好像钢琴在召唤她回到她应该在的地方。

我们穿过街角,走向托特纳姆宫路上的一家酒吧。酒吧里几乎空无一人,角落里,一个年轻人正和一台发出微弱呻吟的机器搏命;他双腿叉开站着,像一个好斗的海军学校学员,时不时大吼一声。酒吧招待敷衍地擦了一遍桌子,好让在一旁端着饮料的我们坐下。我握着杯子,手止不住颤抖。

罗杰和简在谈论音乐家,其中一些名气大到连我都听说过,尽管罗杰坚持以他起的外号来称呼他们:"多里丝·戈都诺夫"① 指的是一位著名的指挥家(他刻意发音为"古迪纳夫",意为"足够好"),然后反复以"多里丝"来称呼他。聊天的其他人里有她的朋友和同事,圣三一学院或伦敦市政厅音乐戏剧学院的教师、风琴手、年

---

① 暗指俄国沙皇鲍里斯·戈都诺夫,穆索尔斯基有以其为主角的歌剧作品。

轻指挥家、正在灌录第一张唱片的钢琴家。简谈论其中一些钢琴家时的恶毒让我震惊。我后来才发现，她在音乐圈的声誉，即她到底是否拥有音乐才华，是一个痛苦的话题。这些年来，我也渐渐习惯了她对肯定的渴求和对其他演奏者的挖苦。她常常坐在地板上的音响旁边——这是她通常听音乐的地方——说，"我和她弹得一样好。"或者，"这家伙有什么了不起？技巧相当普通。"她对竞争对手的一贯吐槽则是："根本不值一提！"她拳头紧握，双眼紧闭，流苏般的马尾辫从左边甩到右边，暴怒地颤抖着。"为什么这些人"——一般是乐评人或音乐公司管理人——"不多尊重我一点？"

音乐让简和我走到了一起，但也许同样是音乐，加上我的博士，最终让我们分开。简曾经告诉过我，和一个"真正懂音乐"的人聊天就像遇到了和她信仰同一个宗教的人。她说的不是我；我是异教徒，无法和她一起祷告。但能触摸到这份信仰的裙角，能接近她唯一热爱的事物，已是再好不过。在和罗杰一起同她见面之后的几周里，她的热爱令我精神为之一振，并且不禁设想我如果能和音乐分享这份热爱会如何。

事情就是这样。当简觉察到我对她的意图之后,她的回应就像她对待音乐一样,带着暴烈的严肃和日复一日的投入,我对她的爱情反而忽然显得软弱和次要。是她一天打很多次电话,她的声音从塑料听筒里传来,那么年轻,那么娇弱;她还会往我在布卢姆斯伯里那间肮脏房间的门缝里塞纸条。在那些日子里,她对后来让她沮丧的那些事情都抱有极大的宽容。她似乎觉得我那个邋里邋遢的房间很有意思——当时我和一位整洁的印度科学家共享这套公寓,他会用铅笔在他的每颗鸡蛋上写上自己名字的首字母,以防被我偷去。她常常取笑我在音乐上的一窍不通。在她的五次音乐能力测试中,我轻轻松松挂科四次。测试问题按难度递增排列:我能否在听过一首曲子一周后认出它?我能听出一首曲子属于哪个年代吗?我能一个音符不差地唱出一首简单的曲子吗,比如赞美诗?我能一个音符不差地唱出一首更复杂的曲子吗,比如巴托克协奏曲①中小提琴

---

① 指匈牙利作曲家巴托克·贝拉(1881—1945)的代表作《乐队协奏曲》。

的开场旋律，或者格拉祖诺夫①的小提琴，或者像披头士的《山上的傻瓜》这样较难的歌曲？（她真的很爱披头士。）最后，我能大概哼出一首简单曲调的低音部分吗，比如英国国歌？我只通过了第一个测试。她弹了一段，我听出了那是一周前她带我去伦敦大剧院看的《玫瑰骑士》②中的一段，因为当时坐在我旁边的一个胖子被这段音乐感动得哭成了泪人儿，让整排座位都同情地微微震颤。

我一直很畏惧她那排山倒海的情绪，害怕她会跌入深渊，尤其当她反复自责作为钢琴家不够优秀的时候，会叫嚣要用琴盖砸扁自己的手指。她的反复无常令我困惑，再加上对音乐的外行，因此我总是斩钉截铁地表示她和任何一位伟大的钢琴家一样优秀。

---

① 亚历山大·康斯坦丁诺维奇·格拉祖诺夫（1865—1936），俄罗斯作曲家、音乐教育家和指挥家。
② 《玫瑰骑士》，德国作曲家理查德·施特劳斯于 1909 年创作的歌剧作品。

"和施纳贝尔①一样好吗？波利尼②？里赫特③？"（里赫特是她最爱的钢琴家之一。）

"呃，我不太了解他们。"

"那就别说傻话了！"

"但是亲爱的，告诉我，这些钢琴家身上有什么地方是你没有的？"

"毫无办法，你不明白。首先，他们就不是人。肯普夫④能用不同调子演奏巴赫的《四十八首前奏曲和赋格》。任意转换赋格！'哦，我今天用升F小调弹了，就是玩'……他十二岁就可以做到了，在音乐学院面试的时候，那个小男孩搞不好还穿着短裤。"

"你意思是他们不会犯错？"

"不，他们当然会犯错。大部分都会，除了

---

① 阿图尔·施纳贝尔（1882—1951），美籍奥地利钢琴家、作曲家、音乐教育家。
② 毛里奇奥·波利尼，生于1942年，意大利钢琴家。
③ 斯维亚托斯拉夫·捷奥菲洛维奇·里赫特（1915—1997），苏联钢琴家。
④ 威廉·沃尔特·弗里德里希·肯普夫（1895—1991），德国钢琴家、作曲家。

米凯兰杰利①和布伦德尔②。他们会犯错,就算施纳贝尔也会。这才是最可怕的:他们也是人。假如你问我是什么造就了一个伟大的钢琴家,我说不上来。以相等指压同时操控琴键上的十个手指头?有时候就是这么简单。波利尼就是这样。通常会有一两个手指迟钝些——"

"一窝幼崽里最弱小的那个。"我经常给简打比方。我父母都这样,这是邦汀家的坏毛病。

"没错。呃,对他而言——"

"他的所有手指都像头胎那么优秀。"

"你可以这么说。听听这个。"然后她会跳起来打开柜子,她的数百张唱片紧凑地排列在大金属架上,她会给我放施纳贝尔、里赫特、鲁宾斯坦和拉赫马尼诺夫等等。我想所有的大师都放过。这确实是一种教育。

我听音乐时通常会变得深沉,一部分是因为我认为应该这样。但简通常却很粗暴,她会迅速评价演奏质量,大喊:"错了!"然后试图让我听

---

① 阿图罗·贝内德蒂·米凯兰杰利(1921—1995),意大利钢琴家。
② 阿尔弗雷德·布伦德尔,生于1931年,奥地利钢琴家。

出来，但我是个可怜的证人。"这里！这里！你难道听不出他的降E大调慢了一拍？"然后她尝试让我听出音准的错误。"大多数歌手都会降一点调，就一点点，但恐怕你还听不出来。列侬、麦卡特尼、哈里森，当然还有林戈，都降了调。"

简常常陷入情绪低落，我随即觉得自己有责任让她开心起来，要把她从成年人的沉重枷锁中拉出来，要做一个好情人——其后，结果更不可控的，要做一个好丈夫——她缺什么我就给什么。我们在很长一段时间里都非常快乐。我清楚记得我们新婚第一年的浓情蜜意，在某一刻我下定决心要让简拥有一件新的音乐会礼服。我们坐在伊斯灵顿的公寓里，伦敦在我们的窗外，也在我们的脚下。她提到即将举行一场音乐会，我告诉她，她穿什么都好看，除了那件舞台礼服。为什么不穿那种黑色的修身一点的衣服，而是蓝色蓬蓬装？简大笑。然后她变得严肃起来。

"这很重要，达令，"她说，"如果你是古典音乐圈的女性，一定要避免被安上轻薄肤浅的名声。看看所有的唱片公司是怎么包装那些年轻迷人的女小提琴家的。有时候对年轻的女钢琴家也是如此。这些漂亮宝贝最多风靡两年，然后就完全消失了。"

"所以你的意思是,在古典音乐圈,打扮土气反而是优势?"

"哦,汤米,你这么说真有点残酷。"

"呃,这可是你说的。"

"是的,可能有帮助……尤其……不,我不想那么说。"她微微一笑。

"说嘛。"

"不,我不说。"

"我知道你要说什么。尤其当你是个有魅力的女性的时候,这在古典音乐圈可不多见。"

"很有魅力。"简不好意思地说。

"极有魅力,我认为。"

但我不顾简的反对,逼迫她去找一条像样的裙子。我说这条裙子应该美丽且价格昂贵,买这样的东西才能准确体现圣奥古斯丁所说的"君王意志",这句话让她笑了。我们去了切尔西,住在卡尔叔叔家的日子让我对那儿很熟悉,简虽然有点勉强,但又觉得好玩。我拖着她从一家精品店逛到另一家,直到我们找到一件华伦天奴的灰色丝绸长裙,上面仅点缀了一些小小的白色菱形压花图案。简被价格吓坏,想也不想就拒绝了。

我当时没说什么。第二天我向卡尔叔叔(他就住在旁边)借了钱,独自回到那家店,买下了这条迷人的、轻盈的丝绸裙子。从此,简演奏时总是穿着这条裙子,她的事业至少没有因此走下坡路。

第五章

现在回想这些,感觉已经是很久以前的事了。简和我自从去年圣诞节大吵一架以来就分居了。然后,五月份,在父亲的葬礼上,她让我相信我们之间还有一线转机。我记得她说的每一个字:"在接下来的几个月里,我希望你能证明你会在所有事情上对我诚实,从最重要的事情到最不重要的事情。"但她没有遵守她那一边的约定,因为她从不给我打电话,也不见我。所以我的心情也阴晴不定。这周我就过得非常绝望。我既无法专心写我的论文,也无法专心写我的书。生活一片空白。一般来说,我总是带着乐观的心态入睡,认为事情总会水到渠成。夜里,我坐在堆满书的床上,仿佛坐在一片漂满失事船舶碎片的海边:我相信人要累积良好意识,以备不时之需。

但在那之后什么都不对劲了。首先,因为现在是九月而且还很热,我必须把卧室的窗户打开,然后虫子就会飞进来。我不得不扑杀它们。如果周围有虫子,我就完全无法入睡;我生怕自己一旦睡着,它们就会落在我脸上。因此只要一听到嗡嗡声,我就从床上跳起来。今年夏天不知多少个夜晚,我都忙着在墙上拍虫子:沿着墙嗡嗡作响的飞毛腿蚊子;翅膀灰扑扑的苍蝇恶心地趴在墙上,一直冲我摩挲前腿;像咖啡豆一样油光水滑的甲虫;还有黄蜂,很多很多黄蜂,它们看起来危险,实际上却行动迟缓,很容易打死。所有这些都必须消灭。

然后我发现我无法入睡,过去曾经改善我失眠症状的"中和疗法"此刻毫无作用。车流声只有在清晨时分才会真正安静下来。海涅不是说德国让他一直失眠吗?伦敦也让我彻夜清醒。所以我干脆放弃了睡眠,早早起床。"人每天起床的第一件事就是——为自己感到羞愧。"我最喜欢的一位哲学家如是说。我从不羞愧;我在发霉的浴室里看着镜中自己一脸黑黑的胡茬,想起在我们十七岁刚开始学刮胡子的时候,马克斯对我说过的傻话,不禁微笑起来。他用尽可能阳刚的口气告诉我说,有时候他"一次刮三遍",即使这会让皮肤疼痛不已,因为这么做相当于刮了三茬。

我望着窗外的芬奇利路。黎明时分街上终于变得静谧,能持续差不多一小时。建筑物像贴上了某种灰色薄膜。远处传来伦敦永恒的喧嚣声,轻柔、奔腾,像海上的滚滚雷鸣,一种遥远的魅力。罗温先生很快就要来了,带着他那一大串钥匙,打开楼下的店门;然后席奥会来到街对面的希腊咖啡馆"奥林匹斯"。新的一天开始了——可又怎样呢?为了什么?我点起一支烟,把一杯咖啡从那台像得了鼻炎的咖啡机里拿出来,浏览书架,希望能找出一本书救赎我的人生。也许会是异端分子斯宾诺莎,辩护人莱布尼茨,怀疑论者休谟,真正的弗洛伊德主义者叔本华,或干脆哲学第一人柏拉图?然后,我拿出了我的博士论文……

今天是很典型的一天。我花了一小时读《诗篇》里我最喜欢的几首,回到床上睡一觉,再爬起来,又花了一小时心不在焉地读书,满脑子想着简是否会打来电话。然后我得去领取我的救济金支票,沿着芬奇利路一直往上走就是救济办公室了。之后是午饭时间，我路过"奥林匹斯"，进去吃饭，向在那儿当侍者的席奥问好。我喜欢用老主顾的派头问他，"今天有什么好东西？"尽管菜单从未变过。席奥浓密而不羁的眉毛像一簇簇烟草。他和我在宗教问题上意见一致。他厌恶希腊，厌恶东正教。

"所有这些圣像画都让我觉得我被监视了。"他今天向我抱怨道。

"呃，这就对了，你是在被监视。"

"对啊，我就是这么说的。"

席奥总是故意和新来的客人讨论埃尔金大理石雕①，好让对方因为他竟主张将其保留在大英博物馆而大吃一惊。"应该把它放在空气好的地方，况且还有那么多专业人士懂得该怎么保护它！雅典的空气就像这家咖啡馆里一样！太疯狂了。"

---

① 埃尔金大理石雕（Elgin Marbles），是古希腊时期帕特农神庙和雅典卫城的其他建筑中的一组大理石浮雕。1801年，埃尔金伯爵托马斯·布鲁斯获得当时统治希腊的奥斯曼帝国的许可，将这些浮雕运往英国，并在1816年卖给了英国政府，藏于大英博物馆。希腊独立后多次要求英国政府物归原主。但大英博物馆拒绝归还。

午饭后，我沿着阿德莱德路走了很长一段，穿过蜿蜒曲折的后街，来到樱草山，那些小小的广场突然成了城中休闲胜地。现在是夏天的尾巴，人行道上到处是黏糊糊的被踩成泥的花瓣。那些树让我满心怀念起桑德莎尔，它被群山环绕，其中一座山上满是树，最美丽的树。冬天，这些树木看起来却相当可怕：枝丫变得光秃秃的，倒立一般，好像张牙舞爪的树根要扎进天空里。在夏天，它们尽情地开枝散叶，变得郁郁葱葱，英国橡树也膨胀起来，粗壮的树干似乎只是竭力撑起沉重树冠的基座……

第六章

整整一年前的9月18日,我母亲打电话给我,说父亲经历了一次轻微的心脏病发作,正在郡医院住院观察。相信我,谁都不会想死在那个鬼地方。彼得·邦汀遗传了他父亲糟糕的心脏;我从未谋面的祖父是肯特郡一所学校的校长,在学校餐厅里做饭前祷告的时候心脏病发作,一头栽倒在地,去世时才五十多岁。彼得和他父亲一样,是个大烟枪,但幸运得多——七十多岁还能坚持工作,并且老早就叫嚣过"死也要死在工作上"。我小的时候,每天都会听到父亲那一把降压药的响声,这一度让我很着迷——他抖出四颗胶囊在手心上,咕咚一声咽下去,脸上显露出一种奇怪的得意扬扬的表情。但对我来说,他永远精力旺盛,永远生龙活虎。我喜爱的一位宗教思想家——虽然我本该老老实实写我的论文——说秃顶意味着身体对死亡早早做好了准备。可父亲的秃顶恐怕不算迫不得已；更确切地说，似乎是过剩的精力把头发驱赶到脑袋边缘的一圈，好像扔下一顶棒球帽。他的粗眉毛（偏偏长在一颗小脑袋上）似乎很享受它的自由。现在，每当我想起已故的父亲，我首先想到的不是他的眼睛，而是那颗光光的、轮廓清晰的、强壮的脑袋，后脑勺有小半圈低低的头发，藏匿已经灰白的残兵败将。他在第二次世界大战期间只是一个二十出头的年轻人，但作战十分英勇。之所以应征入伍是因为精力旺盛，他本可以不上战场。1959年，他决定成为一名牧师，同样也是因为精力旺盛，耐不住大学生活的消磨。

当然，母亲一告诉我这个消息，我就尽快赶回家了，带着一贯喜忧参半的心情。我非常渴望再次见到父母，渴望在童年记忆里的乡间漫步。但我这么长时间都一事无成，现在似乎只会让他们心灰意冷。他们对我未来的忧虑让我们所有的谈话都笼罩在阴影中。我越来越惧怕这个无法逃避的问题："你的博士学位进展如何？"就连我那一贯回避冲突、难以取悦、自命不凡的父亲也没能掩饰他的担忧。简似乎很高兴我离开,我感觉她努力表现出关心的样子。就这样我走了。我仿佛能在脑海中清楚地看到这趟北上的旅程。从国王十字车站坐四小时火车,飞快地掠过一片片田野,然后就到站了。杜伦火车站总是非常安静。红色和黄色的市政花篮挂在天花板的金属链上。下车之后,我一眼就看到了那个丑陋的糖果摊,这个摊位好像自打我记事起就一直在这里。摊主吃着一块自家的巧克力,装模作样地读着一份八卦小报;戴着一副半月形的眼睛,不时抬起头来张望,也许是为了显摆他的好学。火车开走了,在新的寂静中,我听到从哪儿传来晶体管收音机塑料的嗞嗞声。

是的,我能在脑海中再次看到这一切。层叠的屋顶,褐色的河流,俯瞰着这座城镇的灰色大教堂,它那两座巨大的塔楼,每座塔楼上都有一个黑色的百叶窗式的钟楼——当我还是个小男孩的时候,曾认为这两座钟楼是上帝的肺。早期英国教会的两位圣徒就埋葬在那座大教堂里。几个世纪以后,当局把这两个可怜的家伙挖了出来,以证明圣体不朽的神迹,疗愈那些祈求的人。鉴于圣徒肩负的是人世间的使命,当初为何还要费劲把他们埋在地下呢？我父亲曾开玩笑说，如果阿西西的圣方济各的所谓"遗骨"都是真的话，那么他一定是只千足虫。大教堂下方是灰色的主街，意大利人宾比家开了一间肮脏的咖啡馆，老电影院的地毯总是湿漉漉的，那个严肃的男人开的书店，他曾为了另一个男人离开他的妻子，还有学生会大楼，看起来像一间餐馆的后厨，许多传单和制作潦草的海报像顾客的点菜单一样钉在千疮百孔的绿门上。

人们沿着这条主街走来走去：北方人，脸色苍白，沉默寡言。即便熟人之间的日常交流也不过是小心翼翼的对视，飞快地同时打声招呼："出门啊？"——这句话既是问题也是答案。这里总是阴雨绵绵，灰色的雨水流淌在灰色的街道和灰色的桥上，女人们外出时总裹着奇怪的透明塑料头巾，好像在一个个小温室里培育头发似的。

车站外照例停着一排轰鸣着引擎等客上门的出租车。我告诉司机目的地后，他投来古怪的眼神。"这趟路很远，有数吧。"他说。然后我们就此结束对话，直到半小时后驶进了桑德莎尔——一条低矮的村舍走廊通向绿油油的草坪，草坪上长着三四棵不起眼的树。据说每年夏天都有一支板球队在这片草坪上打球,但我从没见过,而且我很确定在桑德莎尔根本没人打板球。在这片山谷,每间教堂都有两家酒馆,对此我倒十分认同;其中一家叫"鹿头",就在草坪旁边。夏天,从敞开的大门可以看到一排红酒杯倒挂在天花板上。在我差不多十五岁的时候,马克斯和我成天在外面探头探脑,渴望能踏进这个散发着酒酸气的山洞。酒吧老板保罗·德杜姆站在他那排高高的、精美的艾尔啤酒龙头后面,像小男孩站在自己的玩具士兵后面。他会冲我们大吼"从这里滚出去"——还有一次,他看着我说,"否则我就告诉你爹,让他告诉上帝。"

出租车开上了一条碎石子路,在路的右边,一座简洁的维多利亚时代的教堂映入眼帘。教堂用本地巨大粗重的灰色石块堆砌而成,它前面是一块拥挤的墓地,密密麻麻的灰色墓碑使它看起来像建完教堂后废弃的采石场。

教区牧师的住宅和教堂年代同样久远,但由砂岩建成,有镶着玻璃的、哥特风格的教会窗户,玻璃已经老化弯曲。门口有一个铜拉铃,我小时候每次拉铃都会心花怒放。那条长长的绳索从门口一直延伸到大厅,当末端的铃铛突然叮当乱响的时候，它看起来却云淡风轻，每次都让我惊奇不已。发号施令似乎再容易不过：只要拉一下这根绳子，人们就会听从召唤，纷纷跑来。我打开门：熟悉的晦暗和沉重的木头一如往常，墙上稀疏地挂着一些图片——一幅大教堂的版画，一幅盖伊医院的建筑素描，一幅俄罗斯圣像画的复制品，上面的假金箔泛着暗淡的光泽——还有那座落地钟，沉静晃动的钟摆依然让人昏昏欲睡。

母亲从餐厅里走出来，以她一贯的方式擦了擦嘴，扯平她的上衣，然后才亲吻我的脸颊。我非常确定，听到铃响了之后，她赶紧一口气灌下了那杯被忘到脑后的还有点余温的茶。

"托马斯，亲爱的！"她说，"汤米，你还好吗？"她抱住我。自从我离开家上大学之后，她永远都这么问。

"是的是的，我挺好的。"她的手总算松开一些。"爸爸怎么样？他在哪里？出院算好消息，对吗？"

"看看，你真是一团糟。你还染了头发。"她嗔道。

"我没染头发啊。我的头发是什么颜色？"

"比之前深一些。"

"这十年我的头发是越来越深了。我的头发快死了。"

"哦我懂了,你的头发快死了。"这是我们欢乐的例行公事。

"妈妈,爸爸还好吗?"

"汤米,你洗澡吗?"

"洗澡?"

"嗯,洗澡,洗身上。"

"哦,我偶尔洗。"我微笑道,从她牢牢抓着我的双手中挣脱出来。

"汤姆,这事儿可不能敷衍。"

"拜托告诉我我身上没味道。"

"不,你不臭,只是看起来有点脏,不知道怎么回事。"

"呃,我也不觉得自己多干净。"我微笑着说道。

我把行李包放在楼梯脚下。在我弯下腰的时候,我能感觉到母亲在打量我,带着深深的不安。

"爸爸感觉好多了,"她说,"他在书房,我想他在为布道做准备。到厨房来,说说你的事,我们一会儿再去打扰他。"

但我想马上见到父亲。我很少看到他工作的样子，果然当我走进书房时，彼得·邦汀正坐在扶手椅里看报纸。他把报纸举到眼前，仿佛他是个壁炉，而报纸是用来引火的。书房里凝滞的寒气，仿佛在无声谴责周遭事物的混乱。成山的纸张堆在地板和书桌上，以至于根本看不出是纸；它们现在看起来像是游戏，淘气地邀请别人把房间弄得再乱一点。一个旧狗篮里堆着四五本巨大的书，每本都摊开在某页上，在一阵痉挛般心血来潮、大概早已被遗弃的研究中一本本叠放在一起。书桌的三个抽屉拉开，杵在外面，像是刚把里面的东西吐在地板上，还在喘气。唯一看起来没被无政府主义染指的就是那些书架上的书了，它们一尘不染的圆润书脊像风琴管一样排列整齐。墙上什么也没挂，除了一个廉价的、鸽灰色的十字架。

当然，父亲知道我几分钟前就进了屋。他放下报纸，抬起圆圆的秃头和两边小小的耳朵，说道，"一切都好吗？"几年前，我父母决定让我直接称呼他们为彼得和莎拉，但我发现自己一直无法当着他的面喊他彼得，所以我干脆什么也不说。他看起来瘦了点,但除此之外什么也没有变,还是那么神采奕奕。

"你感觉怎么样,爸爸?"

"看看这个!"他指着报纸上的一张照片对我说道。照片上有三位戴眼镜的主教,穿着华丽的袍子。这些长长的罩袍似乎是用来藏东西的。"其中一个是骗子,你猜是谁?"

"你怎么定义骗子?"我问,一股熟悉的烦躁涌上来,他的胸有成竹总让我恼火。

"毫无头脑,传教方法简单粗暴——'耶稣基督是我的救世主'——亲自治愈了十八个癞子,给少女驱魔——到处成立基督教青年会——"

"好,知道了。"我又看了一眼照片,指了指左边那位,原因无非是他的眼镜比另外两人的大一些。

"错了。是中间那个。你看不出他有股狂热劲?"

彼得站起来,报纸哗啦一声掉在地上。他又问了一遍,"一切可好?"说话间,他的眼神飘开了。这是他和人见面通常说的第一句话,仿佛刚刚醒来。"顺便说一句,"他说,"我一点问题都没有。这是那位好医生说的，白纸黑字。我彻底从他们的囚禁中解脱了，而且不是假释！"我的父亲是一位非常乐观的基督徒。他喜欢开玩笑说："和很多人不一样，我寻找的是不快乐的秘诀。"他极为博学，也骄傲于自己世俗的幽默感，他明白这样的牧师是少有的。比如说，他为伦敦一家神学期刊撰写书评，对方给他寄了样书，他把上面的贴纸粘在他六本不同《圣经》中最喜欢的一本上。贴纸上面写的是："这是一本样书，以代替校样。"

这典型地体现了他的幽默和信仰。他连对敌人都很热情。我们家流传一个故事，有一次彼得和一群士兵同大部队失散了，正在这时一架德军战机飞来攻击他们，没时间躲藏，年轻的彼得灵机一动，冲飞机友好地挥手。这招还真管用，至少他是这么说的。谁能反驳他呢？德军飞行员从高空中根本看不清地上挥手的士兵穿的是哪边的制服，还以为是自己人，就这么飞走了。

我父亲像往常一样愉快地和我握了握手。"很高兴看到你气色不错。"我心虚地说，不过是发自内心的。他挥了挥手作为回应，我低头看到他的衬衫，胸前有两颗纽扣没有扣上。他的心脏显然已经恢复正常；一直以来，我父亲喜欢把手伸进衬衫里摸着自己的胸口，尤其当他在做自己最喜欢的事情时，也就是坐在扶手椅里，两腿大大咧咧地敞开，听老式唱片机播放浪漫主义音乐。爱德华·埃尔加①沉默的激情是我童年的声音，是夏天马尔文山的声音（尽管我其实从未去过），那里的山谷像肚子一样温柔，老父亲般的橡树有着郁郁葱葱的树冠。我记得彼得有一张二十世纪三十年代的老唱片，年轻的耶胡迪·梅纽因②演奏埃尔加，这位小提琴家当时年仅十五岁，照片里他穿着九分裤，显得脚踝很长，样子滑稽。而爱德华·埃尔加爵士则是一位严肃古板的老人，他的白胡子像冰冻的瀑布一样覆盖在嘴唇上。梅纽因在他成年后写的一篇笔记中描述了他与这位伟大的英国作曲家的初次相遇，埃尔加如何在钢琴前和小男孩一起演奏了几段小提琴协奏曲，并告诉他自己很喜欢他的演奏，他相信录音效果会很好，他现在要去看赛马了。彼得·邦

---

① 爱德华·威廉·埃尔加（1857—1934），英国作曲家。
② 耶胡迪·梅纽因（1916—1999），美国犹太裔小提琴家、指挥家。

汀很喜欢这篇文章。

我不仅很少见到父亲写布道词,也很少见到他看书。在成长过程中我很敬畏他,因为他几乎无所不知。他的知识储备永远在冒泡,随时欢迎加入奇思妙想的佐料,而这锅炖汤又不失本味。他很有主见,并且兼收并蓄,始终保持变通和警觉。我现在可以肯定的是,他会在书房里准备他的文字游戏,事先做好功课,预备出那些双关语、典故和小笑话,好在我们面前露上一手。我记得他对那首古老的英诗进行了戏谑的变体:

西风何时刮?
细雨何时下?
但愿吾爱在
相拥重欢眠!

当电视新闻播出留着小辫的犹太人在西墙①频频点头祷告时,父亲给这种一心祈盼救世主降临的荒谬行为泼了一盆圣公会教徒的冷水:"西

---

① 又名哭墙,是环绕第二圣殿庭院的古城墙的残存部分,位于耶路撒冷旧城内,是犹太人祈祷和朝圣的地点。

墙何时现？"我听到他从高背椅中发出心满意足的轻笑。

是的，父亲在交谈或争论中流露出的渊博几乎永远让我感到惊讶。他在什么时候知道了这么多事情？我猜彼得一定知道他随便露一手就足以让我心悦诚服。在我二十出头的时候，有一回我们像往常一样就道德的某个面向进行间接的辩论。我一定说了些鲁莽的话，因为彼得平静地斥责道，"我认为，摧毁所有等级制度是一个相当后现代的想法。"争论就此打住，因为他突然间把我的想法说了出来！彼得·邦汀能够即刻洞悉一切，这是他的本能。他不需要读任何关于后现代的书，他只是迅速而无情地吸收了这些信息。就像他看侦探电视剧，他总是看十五分钟就睡着，因为他已经知道凶手是谁了，"剩下的就没劲了"。

母亲站在门口。她的小身板上裹着一条围裙，两条带子没有系上，而是分别塞进了她宽松的深棕色裤子口袋里。彼得和莎拉都很苗条，几乎算娇小玲珑，身形优雅（只有在书房里，彼得才会不修边幅）。我总是被他们站在一起时亲密无间的样子打动。他们拥有需要的一切，彼此的言谈举止也合二为一，分不清是谁影响了谁。举例来说，我不知道父母当中谁先开始噘嘴的，但现在他们两人都会这么做。他们之间的交流不需要说话。有时在晚上，莎拉会走进彼得的书房，一只手竖起来，另一只手横搭在上方，摆出字母"T"的手势，露出询问的表情：这是她在问丈夫要不要喝茶。尽管他们每晚喝茶用的都是同一套装饰艺术风格的茶具，但这件事似乎也给他们每晚带来同样的乐趣；他们的婚姻没有因为重复而消亡，恰恰相反，似乎只有通过重复，他们才确切了解每件事情的重要程度。

啊，如果我能从中学到点什么就好了……我似乎缺乏重复的能力，不善于持之以恒，而现在他们生活的这一面，他们亲密关系中的智慧让我大开眼界。阴雨季里有一天，普遍的乐观主义受到了一场北方冻雨的严重挑衅（雨水从窗缝渗进没装暖气的浴室，在窗台的角落汇成一小方寒潭），父母两人就像嗅到危险气息的动物一样，几乎同时说道："生个火怎么样？在客厅里？"话音未落，雨就停了！

母亲召唤我们到餐桌来，脸上还沾着面粉。我走过她身边，用手指抹去了她脸上的面粉。

"是什么?"她问。我能感觉到我的父母互相对视,走在我身后,紧紧挨着对方。我感到一阵心烦意乱,也许是嫉妒,然后莎拉说道:

"亲爱的,你会在这里待多久?"

"我也不知道,也许一周?我这学期不在大学教课了,所以时间很多。爸爸的身体——"

"但下个学期你会回去教课的,对吗?"父亲立刻问道,眼神犀利。

"是是。"我撒谎道。

"简不介意空窗一周?"母亲问,两眼直视着我,但带着微笑。我父母大概从来没有一天分开过。

"唔,她当然想我留下。不过她很担心你,爸爸,所以她希望我回来。她说她下周末会来。顺便说一句,她上周举行了一次很棒的演奏会,观众有学生也有普通民众。一次午餐演奏会。"

"舒曼?"父亲又是明知故问。

"嗯,是的,确实她弹了几首舒曼,我想。"

"大概是《童年情景》吧。"

"一点没错,爸爸,是的。还有几首贝多芬和穆索尔斯基——"

"《图画展览会》?"父亲问。

"是的,《图画展览会》,是的,没错。"我沉默片刻,强压怒气,然后若无其事地继续说。

"那天来了大约有五十个人,其中似乎只有一个人在吃饭,所以这次终于不像那种带背景音乐的野餐会了,但坐在后面的一位老人好像有点毛病,穆索尔斯基的曲子快弹完的时候他开始大声哼起调子来,然后简谢幕时他还走上台,献了一束花给她,他一定把花藏在外套里了,因为我几次回头皱眉示意他安静,都没看见他手上拿着花。"

"简这么美,我非常理解有人会产生这种冲动,"彼得说道,带着含糊的热情,"这人是谁?"

"完全不知道。"我说。事实上,后来我才知道,他是威克森博士,简从前的一位钢琴老师。但我觉得自己表现已经够得体了,对父母有所保留让我体会到一种幼稚的快乐,尤其是坐在那儿的父亲,如此乐于倾听,这些信息只会给他们平添一分愉悦。

"跟我说说医院什么的。"我说。

"哦不,我们别聊那个了。"莎拉说。相反,她讲了一个村里的故事。她很善于模仿邻居和朋友的声音,高亢轻柔的鼻息声会让她的鼻孔张开。她模仿起口音来，就像贵族大盗潜入卧室一样出神入化。我常常要花几秒钟才会意识到母亲"消失"了，变成了另一种声音。我父亲被她的故事逗得乐不可支，甚至不小心打翻了酒杯。"哦天哪。"他说，酒泼洒出来，把蓝色桌布洇成了血红色。他离开了房间，几分钟后回来，带了一包烟。

父亲什么烟都抽，他这种嗜好也传染了我。在一次臭名昭著的丰收节晚宴上，彼得落座前就抽了一斗烟斗，两道菜之间又抽了一支烟，饭后喝咖啡时又抽了一支小雪茄。后来，母亲说彼得不像烟民，更像挨家挨户向人们展示烟草的八百种用途的推销员。我小时候喜欢看他抽烟，当他吐气时，滤过的稀薄烟雾花了很长时间才徐徐喷出，仿佛是他的肺制造出来的。

莎拉似乎并不在意彼得没有去清理桌布上的污渍。她悄悄离开房间，拿了一块抹布回来。但她责怪他在目前的健康状况下还要吸烟。彼得充耳不闻，划了一根火柴，让燃烧的火苗对准烟头，他举着火柴的时间太长，好像在点烟斗，以至于它猛地烧起来，烟卷上飞快地掠过一圈焦痕。

"你知道吗,彼蒂,"莎拉说,"现在是烟在吸烟,不是你在吸烟。已经快烧完一半了。"

"哦,亲爱的,那就太好了,反正你也不希望我吸烟。"他微笑道,"为什么不让这根可怜的老烟卷来上一口呢?当我吸烟的时候,是我在吸烟,还是烟在吸我?托马斯知道我引述的是谁,对吧?"

"知道。"尽管很恼火,我还是应了一声,但拒绝透露蒙田这个名字或彼得刚才引述的句子,以此抵制这个老掉牙的家庭游戏。

"文艺复兴时期伟大的散文作家,"父亲接着说,"他可能是个基督徒,但更有可能是个不可知论者和怀疑论者,明智地对当局隐藏了自己的异端思想。但话说回来,'我又知道什么?'[①]"他自嘲道。

"我一直反感这种背地里渎神的想法,"我说,也许语气有些激烈,"就像藏匿枪支一样,这么做是虚伪的,不诚实的。"尽管自己是伪装和欺骗的惯犯,我还是说了这样的话,也完全不明白自己为什么这么说,除了反抗父亲这个原

---

① 原文为法语:Que sais-je?

因。我自己甚至也不很相信这句话。毕竟,我的"异端思想"在青春期的大部分时候都是隐藏的。现在在父母面前基本也是如此。

"哦,我不知道,"彼得说道,仿佛在唱歌,"毕竟,信和不信都不是绝对的,也不是绝对对立的。如果说二者彼此非常接近的话,我指的是不信掩盖了信,反之亦然"——他的发音像是"反即亦然"——"导致一个人无法确定信与不信从哪里开始,又在哪里结束?那么在信仰问题上'撒谎'就并非藏匿枪支这样的事情,应该说完全不是撒谎,更像是告诉妻子你睡得很好,而实际上你整晚都被失眠所折磨。"

"但这仍然是虚伪的。"我说。父亲飞快的反应让我有点不知所措,也有点惊讶于自己竟能如此厚颜无耻地谈论"虚伪"。

"唔,好吧。"父亲想息事宁人。

我和父亲总是很难将我们之间的分歧表达出来,其中一个原因是父亲在我们的辩论中总是很会顾左右而言他。彼得,这位所谓的信徒,伟大的教区牧师,前大学神学讲师,他的信仰如此漏洞百出,如此随机应变,充满怀疑又豁达大度,以至于他干脆从其中一个漏洞里消失了。

照例喝完茶后,我父母就准备上床睡觉了。他们喜欢争论谁应该先用浴室(房子的另一个浴室没有暖气),这个场景贯穿了我的整个童年。

"亲爱的,如果我先用,你会反对吗?"彼得问。

"当然不会了,亲爱的,但请记住无论你在里面做什么,都不要让热水龙头一直开着,否则别人就没有热水可用了。"有一次,当被问"你在里面"到底是在"做什么"的时候,父亲回答说,他要么是在读《路加福音》,要么读种子公司寄给园艺爱好者的邮购目录。当莎拉哈哈大笑时,他似乎一头雾水,噘起嘴,然后忍不住神神秘秘地说,"是的是的,我明白看《新约》和看种子目录本质上是同一件事。但我说的可是实话!"

事实上,我母亲总是率先使用浴室,彼得深深地陷进扶手椅里,跷起二郎腿。我瞥了眼那只翘起的鞋,看到颜色和路面一样的鞋底异常干净。"呃,"彼得有点吞吞吐吐,"汤姆,你能和我们待在一起真是太好了。不过……呃,你的论文……博士学位,现在怎么样了?"

"一切都很顺利,爸爸。其实,我已经快完

成了。"

"哦,那真是好消息,太好了!你是不是也意识到了,一旦坚持完成,就会轻松很多?显而易见。"最后这句话他用实事求是的口吻说道。父亲经常这么说,通常让我感到悲哀。但是想到他近来的衰弱,他可怜的心脏,对住院三天避而不谈,我还是满怀感激地说,"谢谢你,爸爸。"

彼得活动了一下身体,收起腿站了起来。"好了,明天是礼拜天,礼拜前有七点半的圣餐礼,我现在得休息了。"他经过我身边时,亲吻了我的头顶,两手仍插在口袋里。

我独自放空了一会儿。父亲最喜欢的那个词在我脑海中挥之不去。显而易见。明显的,和隐藏的。主啊,你知道我们心中的秘密。我是隐藏的,而我父母是明显的?我这么想道。好吧,我又回到了家,我小时候玩耍的花园……外面下雨了,我能听见溅落在草叶上、打在教堂小路上的噼啪雨声。

雨越下越大了,屋顶上响起沉重的脚步声;有一滴从烟囱落下,打在壁炉里的柴火上,嘶嘶作响。我走上楼梯,向我父母道一声晚安,回到我童年的卧室里。母亲已经为我开了灯。我看到童年时熟悉的事物，他们在我不在时添的几件家具让我有些困惑。窄窄的单人床有一种天真，白色的床单翻过边盖在毛毯上，像清教徒的衣领。五颜六色的童书放满了两个书架。房间里有许多笨重难看的家具，说真的，我的童年充斥着沉重古怪的东西。尽管父母经济拮据，父亲还是坚持在能力范围内给我"最好的"生日礼物。他带着我的要求，围绕"最好的"执行任务。当我打开礼物时，地上的包装纸发出爆裂声。他常说，"一般人都认为这是同类产品中最好的"，他的语气生硬且不自然，圆脸上流露出郑重其事的表情。但父亲对奢侈的定义从来都不是很奢侈。

在我年幼的时候，"成年"似乎是一个极为稳固的政权。独处的时候，我常常在房子里溜达，一一翻看我父母那些难看的东西。他们的卧室里有一个笨重的橡木衣柜，里面挂满了衣服，像一排死气沉沉的窗帘；这病态的琳琅满目令人震惊，因为我自己的小衣橱空空荡荡；还有一张笨重的床，一张梳妆台，大梳妆镜旁边有两个小镜子，像巨大的古董车上的后视镜；一个"绅士"挂衣架，木头的挂衣钩像公共标识一样伸出来，可以用来挂裤子。不知什么原因，这奇特的装置使我想起稻草人；它似乎应该放在屋子外面。一个大箱子的底部抽屉里有一排银色金属圆筒，每一个圆筒里都盛着一支已经不能抽的老雪茄。每个圆筒末端都有玫瑰色的纹章，画的是骑在马上的骑士，露出奇怪枯槁的微笑。这些雪茄属于我父亲的父亲；现在，这些杀死他的玩意儿被当作他活过的痕迹收藏。

第七章

我有一个愉快的童年,这点我深信不疑。我喜欢这栋牧师住宅,甚至也喜欢教堂。亲眼看着我守寡的母亲这个夏天不得不离开这栋屋子,搬到杜伦的一间平房居住,让我感到痛苦。现在教区没有了牧师,无人打理,只能等着白痴主教任命什么人来填补这个空缺。我想我应该把主教迟迟无法决定继任者当作对我父亲的赞美,因为这意味着他是不可取代的。对那些常来教堂的人来说,彼得无疑是不可取代的。他传播的是一种与生活息息相关的基督教。乡村的节奏,四季的节奏,就是我父亲侍奉主的节奏:复活节、炎炎夏日和圣诞节——所有村民都会参加圣诞礼拜,仿佛重现了传说中凯撒·奥古斯都①的人口普查——这一天教堂真可谓座无虚席。当我还是个小男孩时,我喜欢所有的节日,除了最重要的复活节。它的残酷吓坏了我,等我长大一点,赞美诗中缺乏说服力的陈词滥调听起来像是我自己说的谎话:"他复活了!他复活了!"这话到底是谁说的?听起来难道不像学校报告里声明少年犯终于升读下一年级的那种话,父母和老师敢相信吗?因此教众们用哀伤的语气平淡地吟诵着这些话,没有一丝欢乐气氛。

父亲的礼拜温和有加。母亲和我通常坐在前排,彼得穿着宽大的牧师袍子,像只圆滚滚的母鸡,他没有站在祭坛旁,而是和教众一起站在教堂正厅。光线穿过几扇彩色玻璃窗,照在他洁净柔软的秃头上,像覆盖了一层光膜。礼拜天他会穿橡胶底的鞋子(没人知道为什么),好让他的脚步无声而虔诚。他身上没有其他虔诚的东西了。他表现得好像他的教堂是没有顶的,就像一个露天剧场,让生活曝晒在阳光下:他的教堂就像他的秃头一样敞亮。他的祷告囊括了人类的一

---

① 罗马第一位皇帝,首创人口普查。见《路加福音》2:1—7。

切事件，无论胜利、灾难还是日常生活。邦汀家有一个笑话，如我母亲所说，彼得的祷词和人生"几乎一样漫长"。他站在那儿，双手紧攥，闭起眼睛，噘起嘴，嘱咐教众为各种事情向上帝祈祷——为好天气、为我们将要去吃的午饭、为穆莉尔尽早康复等等。

我低头靠近长椅，这样就可以闻到木头的气味了。我的右手抚摸着墙上的旧暖气管，一边聆听祷告。"我们祈祷，"彼得吟诵道，"为本周在萨尔瓦多遇害的三位牧师的灵魂。主啊，听我祷告。我们也为最近孟加拉国洪水中成千上万无家可归的人祈祷，主啊，请给他们救助和庇护。主啊，听我祷告。此时此刻，我们也为希尔兹医生祈祷，他的堂兄上周一在伯明翰遭遇了车祸；兰斯和安吉拉·门齐斯的儿子奥斯汀上周五死于白血病。主啊，听我祷告。"

我总感觉自己听到的是从报纸上分别撕下的两页，一页充斥着可怕的国际新闻，一页充斥着悲惨的地方新闻。当我还是少年的时候，听父亲祈祷常常让我产生一种报复性的恐惧，我难以置信地张大嘴巴，瞪大眼睛，深信这一系列悲剧撕裂了上帝的仁慈面目。我希望我现在变得成熟一点了。我意识到对父亲而言，灾难反而意味着上帝的世界遭到了人类的破坏。正是因为有太多的罪行和痛苦，才需要上帝来指明方向。痛苦不是反对上帝的理由，而恰恰是支持上帝的理由。说实话，这样的观点至今都让我火冒三丈。为什么我们要被造物主惩罚？为什么他把我们造得如此不堪，然后就消失了？我心目中能想象这位上帝最仁慈的形象莫过于一位父亲，他打断了儿子的腿，只为了看到儿子学会恳求父亲帮忙治好他的腿。

礼拜进行到尾声的时候，我会问候一些熟面孔：特里·厄普舍尔（还有他丧失听力的父亲，两年前去世了）、苏珊·佩雷斯－坦普尔，穆莉尔·斯佩丁。特里为我父母打理花园。他仍住在主街上他父亲的老房子里。特里的父亲在世时，他们经常一起散步，郁郁寡欢的老父亲总是走在儿子前面一点，好像他们是一对穆斯林夫妇，特里总是对着他的耳朵大声嚷嚷。特里从未离开过杜伦，也从未搭过火车。我很喜欢他说话时的语言特点。当他说"就是说"的时候，他的意思其实是"重点是"或"问题是"。在我小的时候，有时我们会坐在花园的墙上，当特里想表达"重点是"或"问题是"的意思时,他会结结巴巴地说,"就是说……我现在感觉不是很好。"或者,"就是说……那边的灌木丛好像弄好了。"然后他会站起来走开。

穆莉尔·斯佩丁总来教堂做礼拜。她是一个和善的寡妇,老厄普舍尔先生还在世的时候,她常给父子俩送去热腾腾的饭菜。否则就像人们说的那样,他们就得靠面包、黄油和果酱糊口了。穆莉尔身材修长,总穿着一双小小的黑色系带鞋,就是老太太们从不离脚的那种,你根本想不到她会把鞋子脱下来,她的脚就好像埋在两座小坟墓里。然而她非常活泼,生气勃勃,常年通过跳舞和弹奏一个巨大的、声音震耳欲聋的电子管风琴来保持身材。穆莉尔以脱俗的方式过着世俗的生活,她去过很多地方旅行,喜欢向我证明她知道我住在伦敦的哪个地区。"伊斯灵顿怎么样?"她会神情诡秘地问我,像个小姑娘似的拨弄着衬衫上的纽扣。

自命不凡的诺林顿先生也常来做礼拜,还有老太太奥尔格维小姐,她古怪地挂着三根手杖,左边一根,右边两根。

礼拜结束后,大约十五人聚集在教堂门口,

带着逃跑的愉悦感沿着小路匆匆穿过墓园小道，正如人们总是匆匆浏览美术馆的最后一个展厅，急于完成虔诚的观礼。我母亲曾说，这种紧迫是因为他们需要为星期天午餐做准备，但我一直不喜欢星期天——那种可怕的午后的宁静——我相信头脑明智的村民一定也感同身受。我的老伙计尼采写道，只有勤勤恳恳的英国人才会发明这种让星期天这么无聊的办法，好让人们迎接一个忙碌的维多利亚式的星期一。

不，唯一全身心热爱星期天的人就是我父母。礼拜结束后，家中厨房里的星期天烤肉——牛肉、羊肉和猪肉在烤箱的旋转杆里翻来覆去，迎接自己的第二次死亡，我父母会轮流谈论早上的礼拜。去年九月我回来的那个星期天，母亲对彼得略有微词。"亲爱的，你今天的布道有点太冗长，太晦涩了。我都记不清你引了多少文学典故。"

"准确地说，七个，"彼得有点受伤地自嘲道，"这可是《圣经》里的数字。"他点燃一支烟，不小心掉在了地上。

"二十五分钟太长了，亲爱的，"母亲不依不饶，"就让那支烟待在地上，别抽了。"

"是吗?"彼得温柔地问,在地板上摸索着找那支白色小圆棍。他站起身,脸上浮现出微笑。"当我还是个小伙子的时候,有一次我去了一座非常庄严朴素的教堂,在苏格兰高地。那个牧师至少八十岁了,整整讲了五十五分钟——五十五分钟!只讲'摩西、亚伦就俯伏在以色列全会众面前'这句。那才是布道!结束时,没有人不热泪盈眶。"

"也没有人不昏昏欲睡,我敢说,"莎拉笑道,"我以为牧师退休前最后一次布道才会去高地的教堂。"

"不,亲爱的,那是康沃尔郡。迪克·胡珀在特鲁罗的老教堂。是的,那是他退休前最后一次布道,这个虚荣的家伙觉得大家都很爱他,搞得他长吁短叹,认为别人一定舍不得他离开,所以他选择的经文是,'众人痛哭,抱着保罗的颈项,和他亲嘴。'这个虚荣的家伙!"

礼拜天最能体现我父母身为神职人员的机智风趣。

第八章

当我是个小男孩时,星期天总是参观日,星期六总是婚礼日。星期一早上,我总是在午餐盒里打包一块婚礼蛋糕,然后去上学:这是我父亲在星期六工作得到的报酬。在当时的我看来,父亲永远在主持婚丧嫁娶,让人们结合又分开。在我孩子气的想法里,结婚或死亡属于程度相当的半死不活;它们都以某种名义在牧师住宅里被谈及。"我得主持克伦登农儿子的婚礼。"彼得会在餐桌上宣布,我坐在厨房的板条椅上,双腿悬空,正努力专心做作业,听到这个消息,不禁抬起头,瞪大了眼睛。"他让乔安娜——你认识的,酒吧的乔安娜——怀孕了。"或者有一次,他走进厨房,大衣都没脱:

"比尔·克莱蒙斯死了。关于他我到底能说

些什么？他只有在圣诞节的时候才会来教堂。"

"可我们太了解阿黛尔·克莱蒙斯了。"莎拉说道。

"是的，她实在是很奇怪。我刚才去她家，照例说了些'神要擦去他们一切的眼泪'之类的话，她递给我一杯茶，我坐下的时候，感觉身后好像有什么东西。我转过身，看到比尔·克莱蒙斯直挺挺地坐在扶手椅上，这可怜的家伙当然已经死了，但他看着我的样子仿佛还活着，手里还握着一张小照片。我想阿黛尔是先打给我，然后才打给殡仪馆。"

"一张照片？太古怪了。阿黛尔也许是同时打了电话，只不过你比他们先到一步。这也难怪，皮克林家的人跟死了没两样。"

"他们得自己给自己入殓！"彼得说。

"至于比尔，你可以从日本这个角度来说。"莎拉说。

"我也是这么想的。三年战俘经历差点要了他的命，显而易见。"

邦汀家的人对死亡不为所动，一方面是因为莎拉和彼得发自内心地相信灵魂会复活（或如彼得所说的"升天"），另一方面因为死亡实际上是个技术问题，需要村民立即开展行动，组织有序，马上发布讣告。这里说的村民大多不是教会成员，因为他们几乎都不来教堂；村庄才是彼得真正的教堂，也必须是。比如来到牧师住宅商量结婚事宜的夫妇，彼得几乎都不认得。我以前喜欢给这些年轻夫妇开门。一对青年男女尴尬地站在那儿，仿佛是为他们男主外女主内的家庭生活做准备，年轻男子的任务就是说出第一句话："那，那个……牧师在家吗？"

我也同样不好意思地邀请他们进门。他们站在大厅里，低着头，好像正在淋雨，天真地打量着周围的墙壁。彼得走出来，匆匆把他们请进书房。然后我听到了熟悉的声音——门后安静的交谈。房子里充斥着庄严的嗡嗡声，仿佛医生来访。在那扇门后面，父亲异常凌乱的书房里，人们在讨论他们的婚礼。我过去常常把耳朵贴在木门上偷听，有一次甚至母亲也愉快地成了我的同伙，"这是我们的小秘密。"她边听边拉着我的手说道。偶尔能听到一两句话："不，我们喜欢老派一点的仪式，就那套话。"或"在爱丁堡待上一周对我们两个人来说足够了"。

客人啊客人！他们走上碎石子路，穿过那片齐整的废墟似的墓园，祈求某种疗愈。宗教几乎没有参与其中。在传统地方，牧师的社会地位很高。求助于彼得，相当于找地主领工钱的现代版本。彼得交付给教区居民的是他的长篇大论。他怀着温和的、不教条的信念，融入教友的生活。彼得相信大多数人来找他是为了寻求友谊，而不是寻求上帝。塔特索尔先生很久以前就去世了，在我小时候，他每个周日下午都会来。他脸上有一个红色胎记，像蜡制的火漆印章。他总是带着一把小小的雨伞，即使那天阳光明媚。父亲告诉我，塔特索尔先生"非常孤独"。母亲告诉我，塔特索尔先生开了很多年公共汽车，就是每天在村庄间往返的奶油色 54 路公共汽车。他在一次事故中撞倒了一个行人，当时车上没有人——从来也没什么人——塔特索尔先生一脚油门开走了。那个行人后来康复了，而不讨人喜欢的塔特索尔先生也没被起诉；也许人们觉得他脸上那块胎记如今成了耻辱的象征，让他已经受到了惩罚。

特里·厄普舍尔是星期天的另一位常客，总是穿这样同一套衣服，仿佛他还是个孩子，被毫无品位的母亲打扮成这样。他戴着一顶平平的便帽，帽子里面又脏又软，一件无领衬衫紧紧籀在肌肉发达的胸膛外，裤子总是太短，让他看起来好像永远兴高采烈。他的脸灰扑扑的，高亢的嗓门总是响亮地颤抖，他在彼得书房里说的每一句话我和母亲都能听得一清二楚。特里的父亲还在世时，他坚称他来从不是为了自己，只是为他的老父亲。

"就是说，牧师，我爹最近这阵子情况不咋好。除了起床说声'早'之外，整天都不跟我们说话。他从早到晚都在看电视，没精打采，啥也不干。"

"你好吗，特里？你还撑得住吗？"

"我？我还好，就是担心我爹。我早就不担心我自己了。"

特里一走出书房我就跟着他。我被他那双又大又脏的手弄得心烦意乱，我从没见过这样的一双手。特里会把他的大手放在我头上，我常常陪他一起走进牧师花园，有时候是其他花园，看他修剪一株折断的玫瑰、燃起一堆篝火，或者清理一堵爬满苔藓的墙。特里的沉默是我从未在父母身上看到过的，也许除了他们吃饭的时候。是的，是了，特里干起活来像一个饿肚子的人在狼吞虎咽。一年四季他都默默地做着当季的工作：在秋天（他称之为"后头"），金链花洒下有毒的蝌蚪一样的种子；在冬天，霜冻的青草像晶莹剔透的糖果；在植物发芽的春天和花朵授粉的夏天，每一棵枝繁叶茂的树都成了一片小森林，鸟儿欢快地穿梭其中。自始至终，我都看着特里宽大的手掌和掌纹里的泥垢。

我以前觉得特里说话特"好玩儿"，有一天我问他这是为什么。

"我出生在这儿，"他说，"我爹就是个说话很好玩的人，他在矿里干活时，聪明话就老往外冒。"特里告诉我煤矿工人有自己特有的词汇，一套完整的语言，这种话被称为"矿话"。我一听到这个词就爱上了；后来，马克斯和我把我们的哲学小团体也命名为"矿话哲学协会"以表敬意。

"这次罢工让我爹状态更差了。他痛恨矿里那些人，那些矿工，因为罢工。不过他说得不多。他昨天说'我要退会'——我跟他说，'你在说什么啊，你又不是什么会员！'他说的矿话，反正我也听不懂，有啥区别呢？"我喜欢当特里的跟屁虫,从家里给他带三明治和苹果。他弓着背吃东西的样子好像在哭。

有时我觉得他并不太欢迎我。有一次特里问我父亲是否会辅导我做功课,这是个尴尬的时刻。

"他会帮你写作业吗?"他凑近我问道,眼神闪烁。

"不会。"我撒谎了,我能看到他的左眼中有一小条眼屎。

"我觉得他会。我能从你脸上的表情看出来。这是不允许的,是吧?但他这么做了。那太糟了!你一哼唧,你爹就把作业给你写了!如果你爹不帮你,那你知道美国的首都在哪里吗?"

"我不知道。"我说。

"我赢过一些酒吧小测验。"他说,没有给出答案。等我长大一些,我发现德杜姆先生时不时会在答案上做些小手脚,这样特里就能在那些古怪的酒吧测验中获胜了。几乎全村人都参与了骗局。

我会永远记得那个下午——我大概十岁还是十一岁,还是小孩子——我像往常一样独自走出牧师住宅,穿过教堂墓地,左转走向河上的一座小桥。当我转过拐角时,看见特里靠在墙上,喘着粗气,而另外一个陌生男子正试图和他握手。两人看上去都有点衣冠不整。特里的一只鞋底朝天躺在人行道上。特里没有理睬那个人,把脚踩进鞋子里——与此同时,他像潜水员一样伸出颤抖的手——然后走开了。我跟在他后面。他边走边喃喃自语,"我要把他绑起来,我要把他绑起来。"我跟着他走到他家,我从未去过那儿。老厄普舍尔先生在看电视上播放的日间情景喜剧。"爹,我跟人打了一架。"特里喊道,他高亢的声音紧张地颤抖着。"很好。"他父亲回答道,几乎纹丝不动。在我离开之前,特里向我展示了他称之为"特别房间"的屋子。屋里稀稀落落地摆着一些家具——张小桌子,一个抽屉柜,单薄的窗帘。打开门时,窗帘满怀希望地扑腾了几下。他打开唯一一盏灯——一个光秃秃的灯泡。桌子、柜子和地板上堆满了东西:一盒盒巧克力、小巧的装饰盘、一块香皂、一架银色大炮、一幅镶了框的古董地图。我认出了那幅地图。"这是我们给你的。"我说。

"所有我从工作中得到的东西都放在这屋里了,"他说,"我从来不碰这些……小玩意儿。"

他熄了灯，关上门。"我不让我爹进这个房间，"他相当愉快地说道，"你也不要告诉别人。"

礼拜天，总有村民来家里和我父母共进午餐，这已经成了规矩。午餐常常一波三折，误会不断。彼得和莎拉彬彬有礼，但正是因为这样，客人们感到十分拘束。父亲为了弥补他的羞怯，措辞尽可能雅致，他只有在餐桌上才会如此，仿佛是他父母教他这么做的。

"还有您美丽的侄女，我曾见过一次……哦，她尚未找到如意郎君吗？该抓紧了。您知道那首诗中的一句，'一种牺牲过于长久，能把心变为一块石头。'不管怎样，我一直认为她很适合结婚。"穆莉尔·斯佩丁也曾被催过婚，这时她不再谈笑风生，埋头喝起汤来。母亲的任务是向其他人翻译丈夫的话，她表现得如此自然，以至于很多人从未注意到这一点。彼得可能会问一位客人："你说的是那条奇怪的无人问津的小路吗？把高地分成两半的那条？"母亲感觉到客人不明所以，便会插上一句："你是说哈里森农场旁边的朝圣者小路吧？"

在我的印象中，这些星期天来客几乎都是单

身的中年妇女,她们渴望有人陪伴,却在彼得和莎拉的幸福美满面前显得笨拙。她们端庄娴静地站在大厅里,纤细的手指摆弄着大衣上巨大的纽扣,透过电视屏幕般的眼镜,不安的眼神显得惊慌失措,又长又累赘的裙子有点像彼得朴素的牧师袍。只有她们闪烁着金属光泽的灰色浓密头发,由山谷里那家理发店简单修剪过,似乎正处在鼎盛时期,以灵魂为代价贪婪地滋养自己。

一年前我回家探望父母的那个星期天,来我家做客的是开朗大方的苏珊·佩雷斯-坦普尔。每个人都知道苏珊,因为她的成长背景极具异域风情。她父亲是西班牙王室的贴身男仆,她几乎是在皇宫里长大的。她一如既往地穿着柠檬色外套,戴着一串巨大、艳丽的琥珀珠子,那是一位西班牙贵族送给她母亲的。

"你好吗,我最喜欢的哲学家?"她扬起干燥的脸颊贴了贴我的脸,然后转向了彼得,"还有我最喜欢的牧师?别劳累过度了,彼得。你今天真没必要做礼拜。"

苏珊是十足的保守派。她不断暗示别人自己可能随时会开始抱怨,因为她最喜欢的对话开头就是"别让我开始……"。"别让我开始讲南非和德斯蒙德·图图先生①"——她会把他的名字念得像是在教脑子迟钝的孩子数数一样。"别让我开始说美利坚合众国。"她一个字一个字往外蹦,好像这个合众国是最近才出现的怪兽。但事实上,她从未"开始"这些有争议的话题当中的任何一个。我认为这也许是一个有着强烈个人观点却羞于表达的女性无意识采取的心理策略,就像一个小国在按兵不动的情况下宣扬自己军队的力量和专业。

我们坐下来吃午饭时,她说:

"你能想象吗,莎拉,上周四我坐在村公所的大厅里,事实上我想到了你,彼得,被困在杜伦那家糟糕透顶的医院里。别让我开始说那家医院!你还记得那场弦乐四重奏吗?音乐会前,学校的孩子们举行了一个茶话会,好一番折腾才把他们及时送上台。在台上演奏的时候,我闻到一股非常奇怪的气味,事实上是一股臭味,我到处找,但什么也没看到。然后,我看到是什么了:

---

① 即图图大主教,南非圣公会首位非裔大主教,1984 年获诺贝尔和平奖。他致力于废除南非种族隔离政策,促成南非的转型正义。

每一片暖气片上都烘着一条又湿又脏的大茶巾！你能想到比这更原始的事情吗？真的，这个村子！大厅不是牧民的帐篷，也不是蒙古包——你知道蒙古包吗？我去年去蒙古旅行时曾坐在里面。"

苏珊刚从乌干达回来，在那儿，她看到十二具来自同一个家庭的尸体躺在草地上。没人告诉她他们是怎么死的。当局把他们按照从高到矮的顺序依次排列。

"他们有点像我在莫斯科旅行时看到的那种廉价的俄罗斯套娃。我想可能是某种病毒导致的，因为他们被立刻掩埋起来，而且他们的所有东西都被焚烧一空。"

她描述的景象强烈地震撼了我。

"上帝啊，"我说道，也许过于激动了——我从眼角看到父亲对这种亵渎的语气相当不以为然——"这是多么惊奇和可怕的概念。一切事物的绝对毁灭，以及在一个人死后，人已经完全消逝的时候，他的一切事物也要消失的命运。"

"事实上并不是彻底消失，"苏珊说，"据说乌干达人有一个关于坟墓的词，翻译过来大致意思是'藏身之地'。所以他们可能认为自己死后灵魂还在四处游荡。无论如何，他们通常会和自己最喜欢的物品一起下葬。"

彼得刚要说话，他身体一动，雪茄上的一长段烟灰就突然断裂，掉落在蓝色大桌布上。这让我想到一个走上跳板的水手，突然掉进碧蓝的大海。我自顾自地笑起来。

"你知道，是不是？"彼得怔怔地看着我，仿佛此刻发笑有点奇怪。"本地不是也有个差不多的词形容坟墓吗？他们称之为'巢穴'，一个北方的、苏格兰人的词。它本身并不特指坟墓，"——他噘起嘴唇——"而是指墓地里的一个位子，就是你死之前事先和我预定的空位。"

"你为什么听起来那么高兴？"莎拉问道，她的声音里带着一丝微笑。

"真很有意思，不是吗？很明显，'巢穴'意味着死人躺在里面等待复活，好爬出来袭击活人，像强盗一样。真是太异教了。我应该劝他们不要说这个词，可他们都这么说。现在预定是很重要的，因为我们的空位越来越少了。"

"我早就预定好了。"苏珊说。

"的确如此，你是和我预定的，好像是在西北角！"彼得说，"正如纽约只能向上扩张一样，我们的墓地也只能向下扩张。我们没有足够的空间把丈夫和妻子并列埋葬。不,我们现在只能把以前的尸体埋得深一些,然后在上面再放上一具新的尸体。"

"所以'巢穴'其实比'六尺之下①'更确切。"莎拉说。

"更像是'十二尺之下'。比如布劳恩医生。他的妻子,你还记得吗,十年前去世了?总之,布劳恩预定了一个'巢穴'——当然他没用这个词——和他妻子在同一个坟墓里。但旁边没有位置了。所以当老布劳恩死的时候,我们得把布劳恩太太重新埋到深一点的地方,然后把她丈夫放在上面。对特里来说空间更紧张,因为他的父亲和母亲已经在里面了。布劳恩已经算不错了。"

"即使死了,也没有民主。"苏珊心满意足地说道。

听他们有一搭没一搭地聊着埋葬和重新埋葬,我浑身发抖。因为那时的我只参加过一次葬礼,就是我祖母的葬礼,而那次我表现非常糟糕。彼得的母亲,也就是我的祖母去世时,我才

---

① Six feet under,意为入土。

六岁，父亲主持了葬礼，说了"尘归尘，土归土"，然后往墓穴里抛撒泥土。我什么都不明白。他为什么这么做？我的朋友理查德同样向我卧室的窗户扔小石子，为了喊我起床，这样我们就能赶在早餐前一起去朝圣者小路上那棵大树后玩耍了。父亲抛撒泥土是为了唤醒祖母吗？沿着教堂墓地的小路，我看见一个戴着灰色便帽的人在擦灵车的车门。我看不见他手里的清洁布，他好像在车身上涂鸦一样。我嫉妒他，他可以免除参加葬礼这么痛苦的义务。爸爸严肃地吟诵着葬礼上的悼词，每个人看起来都很理智，盯着棺材，皱着眉头，仿佛祖母死了是她自己的错。突然间，我从吊唁的人群中挣脱出来，飞快地向灵车跑去——我也不知道自己为什么这么做。突然间，我被树根或是石块之类的什么东西绊倒了，扭到了脚踝，痛得大声叫唤起来。穿着一袭黑色长袍的父亲像一道夜幕，大步向我追来，带着狂怒的神情。狂怒。与此同时，灵车司机也走过来，两人同时向我靠近，一人拎起我的一边胳膊。司机刚要问我是否没事，但父亲抢过了话头。"回到墓地去。"他像其他人一样皱着眉头说道。在接下来的仪式中，我一直站在他身边，任由他的黑色长袍拂过我的脸。

我永远忘不了父亲大步走向我时冷峻的神情。当众出丑之后,我不断地重复做一个噩梦,在梦里父亲仍穿着他那件黑色长袍,怒气冲冲地向我走来,而我祖母死而复生,掀开棺材板,像我父母那样噘起嘴,开始吹起可怕的小调——那是我们在教堂唱的赞美诗《克里蒙德》。我一直想把这个梦的内容告诉父母,可他们看起来是如此幸福快乐,我不想扫兴。这么想太傻了,因为我敢肯定即使我说了,他们也不会为此气恼,就像彼得有一次抓到我撒谎一样。"听好,我的小家伙,"他面色铁青,老虎钳一样的手紧紧箍着我的胳膊,"这个家里不允许撒谎。我们绝对不会允许这个家里有谎言存在。"

我吓坏了,大哭起来,母亲不得不来安抚我。

"哦,真是,"彼得说,"如果他一哭你就纵容他,他就会像圣依纳爵一样糟糕——哭啊哭啊哭啊。"

"依纳爵特别爱哭吗?"母亲转过身好奇地问。

"哎呀,当然。总是眼泪汪汪的。用没完没

了的哭泣来自我惩罚。他每天早上起床,都是为了哭得比昨天更厉害。"

和往常一样,我父母又渐渐飘进他们美好的二人世界,陷入两情相悦中去了。

第九章

去年九月，父亲从心脏病发作中逐渐康复。简在我回来陪他们的第二周周末前来探望。在伦敦时她表现出很高兴能摆脱我的样子，所以我对她有点小心翼翼。不过出乎意料的是，她显得很愉快。我们经常在附近的乡间散步。天气又冷又湿，慢慢地在她的脸颊上洇出两团粉色的红晕。我们紧紧抓着彼此的手，我常带着惶恐不安的快乐瞥她一眼，从她坚毅的下巴和探头一样敏感的马尾辫捕捉信号，确认她也是快乐的。我一直这样侧视简的脸庞，这样我才能知道该怎么做，该怎么说。

在北方无情的冻雨中，我们沿着杜伦和桑德莎尔之间的公路行走，透过简的眼睛，我仿佛又看到了高山上云朵般的羊群，以及奶牛成群的低矮田野。当奶牛发现我们时,它们从泥泞的草地上摇摇晃晃地走到篱笆前,鼻孔里喷出淡淡的水汽。在喉咙深处发出低沉的哞叫声。我们向奶牛身上滴水,它们又甩回来,我们再往前走一点,看到鸟儿跳上篱笆,北方常见的椋鸟和乌鸦,像电影中的分格镜头一样敏感而急促地飞来飞去。黄昏时分,成群结队的椋鸟栖息在电话线上。雨一刻不停,数以百万计的小水珠从天而降,在山峦和田野上掀起汹涌的绿浪。有时一辆汽车从我们身边驶过,激起一片水花。

母亲吩咐我们去看望马克斯的父母,科林和贝琳达·瑟洛。这命令相当典型;我想父母觉得尽管我不喜欢瑟洛夫妇,他们对我也许会产生某种正面影响。彼得认为科林的生硬粗暴能使我更加坚强。我想他们也想向瑟洛家炫耀一下简。就我个人而言,在事业上,我无法和身为成功记者的马克斯相提并论,《泰晤士报》伟大的专栏作家马克斯,舆论推手马克斯。也许父母对我虚度光阴感到羞愧。但有简在我身边,我至少是一个正经的已婚男人,依然胜过黄金单身汉马克斯一筹。简证明了我至少没有完全浪费二十多岁年轻狂野的岁月。

科林和贝琳达都在杜伦大学教书，不过科林现在已经退休了。贝琳达是一位左翼历史学家，也曾倾向于马克思主义。科林比她年长一些，是一位古典学家，以带着长串吓人缩写的 C. R. M. 瑟洛为笔名写作。1973 年夏天，当他们第一次来到桑德莎尔的时候，母亲认定我会交到一个好朋友：瑟洛夫妇有一个十三岁的儿子，正好和我一般大。但马克斯的父母极少允许他出来玩，好像日常生活是什么可疑的派对，必须赶紧过来把孩子接回家。亲爱的马克斯戴着眼镜，个子很高，十几岁的时候就有点轻微的驼背，当时我已经在杜伦的一所日间学校读书，他正为了得到这间学校的奖学金埋头苦读，几乎整天被囚禁在卧室里。偶尔出来放风的时候，他通常会带上一本课本，如果无聊了就打开课本读上一阵。但马克斯很喜欢抽烟，我们在朝圣者小路上那棵地图一样枝繁叶茂的大橡树下抽烟。他成了香烟的入门级学者，对吉坦烟或登喜路烟的不同强度了如指掌。

瑟洛一家住在一幢美丽的乔治亚风格的房子里，房子周围种着明亮鲜艳的忍冬花。花开时分，深红的砖墙掩映其中，美得让人心驰。除了牧师住宅之外,这是桑德莎尔唯一一幢大宅,人们称之为"礼拜堂"。我小时候觉得"礼拜堂"这家人似乎很古怪。科林和贝琳达都是老学究,为人冷漠疏离,只管埋头研究学问,邦汀家的热情好客在瑟洛家毫无踪影。我记得从前马克斯是怎么开门(在我耳边悄悄说他又搞到"一些烟卷"),他一开门,客厅两侧两间书房的门也各自打开。贝琳达的脑袋从一扇门后露出来,另一扇门后是科林的鼻子。贝琳达看到只有我一个人,科林显然只是闻到我的味儿,便缩回了脑袋。"礼拜堂"内部十分寒碜。冬天的时候,我有一次瞄到科林的书房,惊讶地发现窗户上竟然钉着一块塑料布,大概是为了挡风。透过这些"窗帘",花园看起来就像在海底。一年四季走廊里都寒冷刺骨,楼下的浴室里有一块绿色的医用肥皂,里面嵌着一块磁铁,好像是个手榴弹,牢牢地吸在墙上的金属肥皂托上。幸亏有磁铁,这块肥皂也许能用上好多年。

我特别不喜欢科林。他有一双招风耳,布满了蛛网一样的血管,他的鼻子和脸颊上也有。对有些人来说,这么多血管清晰可见暗示着一种醉生梦死、贪图享乐的生活。在瑟洛教授身上,却表明了他毕生致力于研究事物间最微不足道的联系和分支；血管更像是天道酬勤之路；他的脸仿佛覆盖在一张呕心沥血的图谱下。心情好的时候，我母亲常模仿科林·瑟洛那转瞬即逝的、不确切的微笑；当她惟妙惟肖地表演他的一些金句时，总能把我和父亲逗得捧腹大笑，比如"开车是智力上的自杀，毫无疑问"，还有"就才智方面来说，在玛莎百货工作的女孩真是底层中的底层"这种极富个人特色的抱怨。贝琳达·瑟洛没有她丈夫那么迂腐和恶毒。（并且她也开着一辆家用小轿车。）她脊椎不好，经常离开房间"躺下休息"。她总是穿着松松垮垮的牛仔连衣裙，上面有大大的口袋，仿佛是个才华盗猎者。贝琳达是马克斯的救世主，只有他母亲才能给予他一丝柔情。

简和我被领进冷冰冰的客厅。贝琳达离开片刻，回来时推着一辆难看的银色手推车，上面放着一个白色塑料保温瓶和一盘白色三明治，三明治整齐地分为四份，每份四个，被一根末端贴着不同颜色小彩旗的鸡尾酒小签串在一起。"你和简是稀客，所以我们特意做了准备，"她说，"你看，这种小签可以让我知道每份三明治里分别是什么馅。蓝旗子是凤尾鱼泥,白色的是黄瓜,绿色的是罐头鲑鱼,红色是醋栗酱。"她从保温瓶里倒出热茶,在寒冷中冒着雾气。"这种杯子更保温。"她说,然后递过了大大的塑料马克杯。

我看着电暖炉,单圈电阻丝露出橙红色的笑容,心里盘算着如果我们在半小时之内告辞,会不会显得很没礼貌。我决定通过"变脸"来做好准备。在我们结婚的第一年或者第二年,正是我为博士学位读书最用功的时候,我养成了恰到好处地在脸上"变出"某种情绪状态的习惯——在邮局里低声下气(因为邮局职员总是闷闷不乐),在商店里慷慨大方,在大学里心不在焉(为了吸引学生的注意力),在公共汽车上傲慢无礼,在父母面前充满自信,对简温柔体贴,在马克斯的父母面前冷静持重,等等。我想我会这样,是因为我整天待在家里,除非冲出门外来到伦敦繁华的街道上,否则根本没机会露脸——突然间人们看着我,盯着我,我必须表现得天衣无缝,这也是为什么我开始玩这种小把戏,比如郑重其事地咳嗽。我记不清那是怎么开始的,本来也许是为了掩饰一时的社交尴尬。但后来就不再是为了掩饰尴尬而咳嗽,而是为了显得严肃和专注。男人用拳头抵住嘴微微咳嗽，是一种庄重而内敛的古典风范。坐在瑟洛家里，我审慎地眯起眼睛，邦汀式地噘起嘴唇，变出一副严肃而自尊的嘴脸。

科林·瑟洛问起了马克斯。瑟洛家没有电视机，科林也不看报纸。他不认可报纸上写的那些，所以我不得不在跟他汇报马克斯成功的媒体事业时，让它听起来不像是真的发生在媒体上。我想夸张的外表可能会有所帮助。

"马克斯是不是在写他的揭露文章？"科林问道，拉长了尾音。

"马克斯的事业蒸蒸日上。他现在是相当受尊敬的人物——才三十岁而已。"我郑重其事地说。

"啊哈。"科林说。他总是用一种平淡的、核实的语气说"啊哈"，仿佛在抄写数字。就算我告诉他一件好玩或奇怪的事情，他的表情也不会有丝毫变化。他一般会环视房间，然后平静地说一声，"啊哈"。

"1896年对你来说意味着什么？"科林问我。

"哦，科林，"贝琳达说，"你太喜欢玩这个游戏了，都被你玩坏了。"

"1896年，"科林把我的沉默当作无知的表现,"《每日邮报》是在这一年创刊的。可以说文明的衰落就是从这一刻开始的,一点也不为过。知识分子话语的庸俗化。"科林总是表现得像个奇怪小国的检察官。

"但马克斯不是为《每日邮报》工作。"简说道。这是她头一回在客厅发言。"他是一家严肃报纸的专栏作家。是《泰晤士报》。"科林瞪着简,好像格外惊讶于被妻子以外的女人反驳。

"他是权威!"贝琳达爽朗地说道,带着一种不同寻常的感情,骄傲和蔑视均衡地混合在一起。

"他是那种可以和伏尔泰、海涅、卡莱尔、奥威尔、萨特等等匹敌的'权威'。"

"我想他有能成为一名优秀古典学者的头脑,"科林无视我的话,"他没有继续走学术这条路真是太遗憾了……不像你。"

不像我……这无疑是科林故意讽刺。但贝琳达想转换一下话题了。

"米林顿太太不得不卖掉沃恩府邸,真是太悲哀了,不是吗?"她说。

"啊,马克斯和我小时候都很爱那栋房子。红砖,青藤——还有那条河。谁想买下它?"

我问。

"已经卖掉了,连同里面的所有东西。买家叫菲利普·泽利。我认识他。"

"菲利普·泽利?那个骗子!上帝啊。"在杜伦,没人不知道泽利;他经营一家本地汽车经销店,现在已经发展成了一个商业帝国。他最近开了一家金融服务公司:信用、代理、贷款、按揭。总部在纽卡斯尔,他却选择住在杜伦。我小时候经常在广告牌和本地电视广告上看见他,不过人们普遍认为他诡计多端,声名狼藉,和当地政府密谋勾结,从中牟利。后来,主犯都进了监狱;泽利却不知哪来的本事逃脱了指控。

"就是他。这是个康沃尔郡的名字,"贝琳达对简说——"不,亲爱的,康沃尔,"她重复了一遍,期待丈夫的纠正,"但他还没住进去。做好最坏的打算吧,为了赚钱,他会把这栋房子改成公寓,或者夷为平地。"

"米林顿太太养了六只狮子狗,它们的名字都很不一般,"我对简说,"其中一只名叫 B. D.,脑损伤(Brain Damage)的简称。"

"其他的呢?"她问。

"霍拉旭、白化病、三文鱼,还有——哦,

我岁数大了,记不住了。"贝琳达说。我们的交谈显然变得太过亲昵、太女性化、太像聊天了,让科林不自在,他正盯着窗户看,等待停顿自然发生。我再一次为马克斯感到不可思议,和这样的父母生活在一起,还能成长得如此清醒、靠谱又开朗。

"你的博士学位进展如何?"科林问道。这个问题总是避免不了。

"快完成了,"我说,"现在真的快完成了。"

"啊哈。"审慎的目光。"你知道我都没有博士学位吗?这是一个可疑的点缀,主要是为了那些喜欢在名字后面加上几个字母的人准备的。"而你,我想,你大概喜欢把字母放在名字前面吧。

"伯贝克①怎么样?"科林问。

"其实,我是在大学学院②。"

"大学学院。确实,略胜一筹,略胜一筹。怪不得你立刻要纠正我。"

我的论文是关于伊壁鸠鲁派哲学对英国早期

---

① 指伦敦大学伯贝克学院。
② 指伦敦大学学院。

现代思想的影响。科林·瑟洛告诉我,他不"喜欢"伊壁鸠鲁派。

"为什么呢?"我问。

"他们的思想相当幼稚。他们对死亡似乎态度坦然,但如果你仔细研究,你就会发现他们对死亡的理解其实很不成熟。事实上很恐惧,故作理性的恐惧。"

我们忙不迭地逃走了。我告诉简,当我和马克斯还小的时候,我们听到科林在餐桌上是怎么和我父亲聊天的。从香烟的烟雾中飘出一句话,正是科林的声音:"我认为在这场仪式中,《垂怜经》要念九倍之多!"马克斯和我为"九倍之多"这个词笑了好几个星期。我们以前从没听人这么说过话。

简在桑德莎尔过周末,星期六晚上,我主动提出为大家做晚饭。父亲古怪地消失了一整天,待在书房里;我记得母亲和简嘲笑我在厨房里派头十足的样子;简时不时从台面上偷东西吃。我喜欢在烹饪时拉开声势浩大的阵仗;另外一半乐趣则来自完全不遵守食谱的要求,拒绝按照说明去精确测量任何食材。我扔下大把香料,把新开的红酒豪迈地倒进炖锅,这样当昂贵的葡萄酒如漩涡般在锅里打转时,我就能听到那美妙、平稳、宛如哽咽的声音了。当然了,我得小心不要太草率。简对烹饪一窍不通,却喜欢在厨房里捣蛋。她最喜欢的把戏是在我用勺子舀东西或往锅里撒什么东西的时候轻轻推一下我的胳膊;她不知道我其实有在暗自掂量食材的分量——事实上,我是在掂量自己能在多大程度上自由发挥。在她看来,这只是托马斯实践无政府主义的另一个领域,不过和付账单以及接受邀请这样的事情不同,这件事并不会波及她。

我为父母做了一锅异香扑鼻的红酒炖鸡(用一整瓶我在杜伦买的高价葡萄酒和五花八门的香料调制而成),他们情绪高涨,兴致勃勃。我父亲更是快活,他终于从书房里出来,正在和简拉家常。他的秃顶闪闪发光。

"简,我亲爱的简,你出现在这座房子里,是茫茫黑夜中唯一闪耀的星星。"

"哦,彼得,没有那么糟糕吧。"简很享受老头子对她的关注。

"我一整天都像僧侣一样全然地独处。今天早上没有人来,一个人影都没有,我只好自己给自己主持圣餐会,像那不勒斯人一样把酒灌下去，克制住想随便糊弄一下仪式的强烈冲动。然后等我回到家，也只能自己吃早餐，因为我尊贵的妻子等不及我回来就吃完了，而你们这两个懒虫还没起床——然后我看了报纸，换了便装，这一天其余的时间大部分都在给《神学评论》的吉姆·厄利写书评。"

"你应该好好休息，亲爱的。"莎拉说。

彼得意味深长地看着我，他在提醒我询问那本书。

"是什么书？"我问。

"关于耶稣复活的浅薄研究，但这本书也让我发明了一个绝妙的笑话，尽管我是自说自话。"再一次，暗示我发问。

"是吗？"我搅拌着炖锅，看着我强壮而健康的父亲，这威严的老顽童。我试着找出他身上流露出任何虚弱的、近期抱恙的迹象，但我失败了。

"是的，我说作者当然是对的，尽管复活是那么难以置信，但它仍然是最重要的奇迹，唯一的奇迹，而且这个国家最虔诚的基督徒确实相信耶稣复活了。"

"我没听懂——"

"我还没说完。我接着补充写道,有一个赶时髦持怀疑态度的圣公会主教,'不便公开其姓名',我是这么说的,他显然不相信复活的伟大胜利,他'似乎认为当人们把耶稣从十字架上接下来的时候,他只是从山的另一边跑下去,然后消失了'。这是我写的,你觉得怎么样?"他充满希望地看着我。

"相当不赖啊,爸爸。"

"哦,你喜欢就好。"

在餐桌上,母亲向简询问了她的教学情况,以及之后的音乐会。我不禁注意到父母几乎有点畏惧简,对她的才能和成就充满尊重。

"因为教学负担太重,这两年我都没能好好练琴。"简说,然后用她那双睫毛浓密的深邃眼睛看了我一眼,她的眼神闪闪发光。像往常一样,我不得不看着她脸上的其他部分以确认她没有生气。她没有;然而我觉得她提到教课的语气略带谴责,因为如果不是我基本上算失业,她就不需要这么辛苦工作了。我感觉到父母也在看我,一股能量在胸中翻腾,变得一触即发。

"我不会道歉的,如果这是你想要的话。"我暗自恼怒自己怎么这么沉不住气,一下就把底牌亮出来了。

"你到底在说什么啊?"简说。就在这时,我母亲,不知道是有意还是无意,似乎被食物噎住了,她说:

"这道红酒烩鸡真是古怪。我叉到的是一颗酸豆吗?你究竟在里面放了什么啊,汤米?"

"因为出自古怪大厨之手啊。"父亲说,然后我们都笑了。

晚餐过后,在彼得的建议下,简为我们演奏钢琴。我常常听父母致歉——为了起居室里放着的那架寒碜的立式钢琴。("你看,家里都没人弹。")像往常一样,简举起手来似乎是为了让钢琴平静下来,安慰和抚摸它。我似乎也感同身受。黑键和白键上上下下,彼此激烈交锋,然而,古怪的碰撞中却产生了美妙而和谐的音乐。简是音乐的创造者。我羡慕她这种超凡脱俗的才能,能把乐谱上抽象的黑线和圈圈点点变成澎湃的曲调。她弹了一首肖邦的玛祖卡,坐姿微微拘谨,那是我第一次见到她时让我兴奋的样子,她的屁股陷进柔软的琴凳里,这让我恨不得自己就是那个琴凳。她摆动着纤长的手臂,明亮而反复的波兰音乐充盈了整个房间。音符飞快地流淌,但有点生硬,尖锐的转折,仿佛一台手摇风琴在摇出一首街头音乐,一支假腿舞,充满了叮当作响的喜悦,我可以想象人们用假腿踢着空气的样子——而这一切是正襟危坐的英国女士简的杰作。

当她演奏时,她抬起头,闭上眼睛,似乎超然物外,世上唯有她和她的音符,除此之外便是宗教般的沉默。我有时不得不与自私的怨恨做斗争——因为她是如此地自由,她可以如此轻易地从现实中溜走,却没法带上我,她弹琴的样子几乎是在祈祷(作为一个世俗主义者,我必须反对这种想法)。我们在宗教问题上确实有分歧,尽管简对此一直三缄其口,我们从来没有真正争论过这个问题。我想她是有点可怜我,因为我没有上帝可信仰。但假如简真的信仰上帝,据我所说,他只不过是一个留着胡子的老音乐守护神,一个男性的圣则济利亚①。"音符,"她曾经对我说,"是非同一般的事物,它不是人类能创造的,人类只能再现;人们通过弹奏乐器借来音符,再把它借出去。"我反对说,乐器是由人类创造的,

---

① 天主教中音乐家的主保圣人。

而不是上帝。

"是的，当然，"简说，"但你不能说和声是人类创造的吧，怎么可能呢？就像数学中的逻辑，二加二等于四不是由人类决定的，逻辑从来都存在，我们只是发现了它——不是吗？"

"是的，古代世界认为音乐存在于天体的排列中，诸如此类。你知道我有多喜欢叔本华吗——"

"我当然知道。你上周买的那本关于叔本华的书多少钱来着？三十镑？"简笑眯眯地调侃我。

"绝对物超所值，相信我……叔本华有一个疯狂但讨人喜欢的理论，他认为音乐中的划分正好对应有机物世界和矿物世界的划分。他说过一些话，大意是在高音和低音之间距离很大的和弦会比较好听，是因为它类似有生命和无生命的世界之间的差距。不过，我要补充一句，我永远也搞不清楚他是不是在说低音属于矿物王国，而高音属于动物王国。"

"听起来傻乎乎的。"简撇了撇嘴。

"唔，别怪我，怪叔本华。很多东西显然不是人类创造的——比如海洋，或者人类和动物的大多数本能——我们知道这些事物存在于我们创造和控制之外,但我们也未必非得认定上帝是它们的创造者。至少我不是。"

但简已经失去兴趣了。

"汤姆,你又在自说自话了,我实在受不了你的'哲言哲语'了。你知道我受不了,我没法逻辑论证。我只能说,当我完全淹没在音乐中,沉浸其中,如此响应它的感召以至于……听起来有点傻,以至于我想像变色龙一样改变颜色,成为音乐的颜色——当这一切发生时,我穿过音乐仿佛穿过一朵云——是的,我相信,我相信。我不能不信,巴赫、亨德尔、布鲁克纳、埃尔加和其他很多人也不能不信。"

我给她讲了父亲的一个笑话,他说变色龙发现自己躺在苏格兰呢野餐毯上,实在不知道到底该变哪种颜色,只好原地爆炸了。

"我就是这样,"我说,"当你随着音乐改变颜色,我就要爆炸了!顺便说一句,这个音乐之神,到底长什么样子啊?"

简好像真的对这个问题感到惊讶。

"长什么样子?他没什么样子。他只有声音,他,或她,听起来像音乐。"

事实上,尽管我认为简循规蹈矩,但她和我

都是某种叛逆者。我反抗继承宗教，她反抗继承冷漠。她的父母既不是宗教人士也不是音乐家，他们住在威尔特郡一座美丽的老房子里。我和简在一起时，我们经常去那儿。简一直说她父母没有钱，不过我们遇到困难时，他们总是能支援几千镑——对我父母来说，这是不可能的。简的父亲汉弗莱·谢里丹曾是一名律师，五十多岁时"精神崩溃"，提前退了休。当我第一次见到他时，就暗想这会不会和酗酒有关，因为他总是借口"这会儿在世界上某个地方肯定有六点钟了"，然后邀请我一起喝一杯。她的母亲朱莉娅势利得有趣，精神上苦闷——她说她每天看一本小说，却没人可以聊聊。

我还记得简第一次带我去威尔特郡时我有多紧张。她告诉我她母亲不喜欢或不赞成她的大多数朋友，并且总是用同样拐弯抹角的方式来表达她的反对：那就是使用"动人"这个词。一旦她告诉简，她发现女儿的某位友人"很动人，达令"，简就知道一切都结束了。"我过去总是战战兢兢等她的那个'动人'，而妈妈当然知道她在做什么。"

不知出于什么原因，朱莉娅没觉得我"动

人"——尽管她现在大概会这么说了——汉弗莱似乎也对我很感兴趣。他关心我在做的事情,当发现我把所有时间都花在闭门攻读博士学位之后,他突然大笑起来,金汤力酒里的冰块晃得叮当乱响。他热情地说,"多棒啊!欢迎加入俱乐部。找到一个冤大头付钱让我们无所事事,可不那么容易!"我和他一起笑了,尽管我觉得有点受伤,仿佛在简面前一丝不挂,她也听到她父亲说的话了。我尴尬地咳嗽了一声——这可能是我"咳嗽艺术"的前身。

谢里丹夫妇继承了一架贝希斯坦三角钢琴,而夫妇二人均不会弹奏。简三四岁的时候就开始敲打琴键,她的父母一直很支持她,女儿的早慧让懒散的上流社会夫妇惊愕不已。(哥哥雨果比她大六岁,也很聪明,像她父亲一样,是个律师,但为人冷漠,循规蹈矩,和简不是非常亲近。)当然,以英国人的风格,他们把这种支持说得像是善意的反对,一副不情不愿的样子。汉弗莱对我说,"当然,简在音乐上的造诣已经远远超出我和朱莉娅的欣赏水平,尽管我遇到朱莉娅的时候她也有一把好嗓子。简的钢琴老师伊森小姐打电话给我们,说简很有天赋,应该去一所真正的音乐学校,自打那时起,我们就把她送上了职业赛道,瞄准阿斯克特赛马会冠军那种,只是为了让她全力冲刺。伊森小姐可是个狠角色,她说什么我们都乖乖照做,不然是要被敲打的。"

当然,他们注视着简一点一滴的进步,暗自骄傲,尽管任何一种成功都只会被上流社会当作小小的社交谈资,在这个阶级之外大获成功的陌生人也时常像自己人那样被私下谈及,仿佛他们已然跻身更大的贵族圈子之中。在我们的一次探望中,简放起一张唱片,是丹尼尔·巴伦博伊姆演奏贝多芬。朱莉娅·谢里丹走了进来,拿起唱片套,含糊不清地说,"哦,是的,亲爱的,巴伦博伊姆,我们在报纸上看过他的名字。他弹得好极了,不是吗?"这种看待世界的方式——仿佛一切都属于他们——对我来说耳目一新,不知道这种主人翁意识究竟能延伸到什么程度。如果贝多芬也只是"好极了",那么可怜的简该怎么办呢(更不用说可怜的托马斯·邦汀了)?

谢里丹夫妇的确被伊森小姐的凶悍震慑住了,他们把简送去了一所音乐学院,在那里,她师从一个令人敬畏的亚美尼亚人,开始崭露头角，有一段时间，亚美尼亚人强迫她站在离键盘有段距离的位置弹琴，训练她触键更轻，并戒掉踩强音踏板的习惯。学期中，简不在家的时候，她的父母会放下琴盖，在钢琴上放回银框的全家福照片；在假期里，当简回到这座半木结构大宅，照片会被拿走，放在一个盒子里，琴盖重新打开。简弹啊弹，她的父母就在起居室里进进出出，有时还站在她旁边，鼓励地盯着那些天书一样的乐谱。她的母亲喜怒无常，或者说比较"敏感"，当简弹起气势磅礴的贝多芬时，她会走进来稍加抱怨，"达令，太吵了。"然后当曲子按着乐谱进入轻柔的部分时，朱莉娅会微笑着说，"谢谢你，达令，这就好多了。"就好像简和贝多芬为了缓解朱莉娅的神经质而乐意配合似的。

我第一次想到结婚这件事，就是在那次拜访汉弗莱和朱莉娅·谢里丹夫妇之后。但事实上，我从未向简求过婚；在威尔特郡之行两周后的一个美好的夜晚，她主动暗示了我，我发现自己很高兴处于被动位置。我记得很清楚，简心情很好，提议我们去一个令人愉快的地方吃晚餐。我们去了"蜗牛"（当然是她买单）。那是六月中句，一个温暖的夏夜，人们在人行道上慢悠悠走着，好像脚踝锁在了一起；我觉得自己好像被掏了好几次兜；但没觉得危机四伏——恰恰相反，这是英国人在笨拙地模仿意大利或西班牙的街头生活。英国的街头生活还得有一群人蹲在喧闹的酒吧外的人行道上。

"他们以为自己在罗马，所以这么开心，"我小心地绕过一动不动的酒鬼们，"他们到晚上 11 点之前都不必回尼斯登或基尔伯恩。"那会儿我还努力在简面前表现，为了给她留下深刻印象，我偶尔会装出一副势利的腔调，说话间巧妙地"改良"我的口音。

"我们去罗马吧，达令。"简说，然后又不好意思地补充了一句，"去度蜜月。"

我没搭理她——尽管这句话在我心中掀起惊涛骇浪——然后自顾自说道：

"在北方，杜伦或者纽卡斯尔，男人和女人不会这样聚在一起。小伙子们总是成群结队行动，看起来好像要揍你似的，姑娘们也成群结队行动，看起来就像妓女委员会搞活动。"

"汤米，你太坏了！再说一次北方口音给我听听。"那时候我发现简那高贵的上层阶级口音相当情色。她的下巴向前挺进。

我吸了一口气,然后像纽卡斯尔人那样大吼:

"哟!你在看我的马子吗?如果你再看一次我的马子,我就把你丫脸揍扁!"

在人行道上喝酒的人纷纷抬起头来看我。简似乎很开心。"然后发生了什么,汤米?别吊我胃口。"

"然后就是你拼命道歉,你说你完全没有在看这家伙的女朋友,你根本想都没想过这回事。但你还是输了,因为他会说:'那我的马子有什么问题?真好笑,上回我看她好像没什么问题嘛!是不是我错过了什么事情?是不是她有什么不对劲?但我没觉得她有什么毛病啊!'如此往复,充满威胁的讽刺。小心别把他的兄弟们牵扯进来。这游戏的诀窍就是息事宁人。"

"怎么息事宁人?你知道我被过度保护,生活里只有音乐,几乎从来不去酒吧。等我自由了——"

"自由?"

"是的,从音乐的永恒禁锢中解脱出来。音乐学院,严苛的练习,诸如此类。等到我好不容易轻松一点，就完全不想去酒吧了，因为我年纪太大了。我那会儿已经二十一岁了。"

"一个老女人。"

我曾拿简比我大六岁这一点揶揄她，她有时候也会开玩笑说自己是个"恨嫁的女人"，我就会引用伊壁鸠鲁派的至理名言让她平静下来。

"顺便说一句，你就主动提出请每个人喝一杯，或者把自己的女朋友介绍给他们，这样就能息事宁人了。后者是万无一失的，从来都是。"

"女朋友，女朋友！"我们走在街上，简攥紧了我的手。"我不想听到关于女朋友的事情！我会把她们从你的照片中剪掉，就像列宁一样！"

"暴君。"我吻她，"只要我也能把你的男朋友们都剪掉。"

我们吃了一顿美妙的晚餐。我本想和她分摊账单——这是我们之间唯一的阴影，真的。我记得晚餐中有一刻，简曾暗示说我倾向于把世界看作一个策略、技巧和诀窍的问题。

"你总是在说事情的'诀窍'。这件事的诀窍，那件事的诀窍。你为什么需要这么多诀窍？"

"因为我觉得世界是一个诡计多端的地方，人们必须与之相配，以恶报恶。"我不假思索地说。

"你不是真的这么想吧,是吗?"我爱简对任何事情都较真的性格。

"我当然是这么想的啊。整个成人生活,成年期,都充满了挣扎。我们之所以如此热爱、珍惜我们的童年,就是因为童年代表了我们在充满挣扎的成年期之前的生活。我有一个理论,事实上,我想有天能写一写,就是亚当和夏娃是故意让自己被赶出伊甸园的,因为他们没有经历过童年。也许他们以为伊甸园外面就是童年。真是大错特错。"

"你疯了吧,达令。如果没经历过童年,又怎么会想要童年?你总是钻进最奇怪的猜想。这就是你每天做的事情吗?"简绝对不会让自己陷入像我的《不信之书》这样的项目。她太理智,太直接了。

"那么,"她继续说道,"你的诀窍又是什么呢?等一下,我要去处理一下糟糕的音乐。"这不是我第一次目睹简因为饭店正在播放音乐而无法进餐。她摆出最傲慢的派头,勾起专业钢琴家纤长的手指,招呼服务生过来。"实在对不起,不过我是一个音乐家,钢琴演奏家,听音乐是我的专业训练。现在,我要么听音乐而不吃饭,要么吃饭而不听音乐。但没办法边听边吃。我知道音乐已经很安静了,但能不能麻烦你把声音再调低一点呢?我会非常感激。"然后她用深邃的目光注视他,马尾辫微微摇晃。服务生当然乖乖照办。

"达令,现在跟我说说你的诀窍吧。"我不羞于承认,听到简的双唇吐出"达令"这个词一直是我最大的快乐。她说得很快,一个相当短促的'阿'和近似印度口音的抑扬顿挫——"达令"。在我家里,我妈妈称呼我和父亲为"亲爱的""最亲爱的""爱人",但都不是"达令"①。

"你对哪些诀窍感兴趣呢?举个例子,如果一场争论看起来快要失控了,比如在晚宴上,就指着正在和你交谈的人的下巴说:'顺便说一句,你下巴上有点东西。'出于某种原因,这句话总是能让人完全无话可说。他们擦下巴的时候就全在念叨这件事了!'我现在擦掉了吗?''不,你刚刚把它推到右边了。''我现在擦掉了吗?''还没有完全擦掉,还在那儿。''现在呢?''嗯,现

---

① 原文分别为 dear, dearest, love, darling。

在擦掉了！'从头到尾，这家伙脸上其实什么都没有。一旦对话结束，也没什么值得继续争论的了。你可以起身去洗手间了。最重要的是知道在什么时候说这句话。一旦在对的时机打破僵局，充满敌意的对峙会像被风吹倒的帐篷一样坍塌。但你必须是风的驾驭者，这才是关键。"

"风的驾驭者，我喜欢这个说法。"简的眼睛闪闪发光。我们点了香槟，我的身体也跟着沸腾起来。"这是你的模式，不是吗？成为驾驭者，控制棘手的局面？"

"像弹钢琴一样。"我装作很有把握的样子，半开玩笑半认真。

"结婚不会是个诀窍吧，对吗？"简又有点害羞。

"不，不是。"我们安静了一会儿。"我听到的是我认为我听到的话吗？"

"可能是。"

"难道不应该是我来说？"

"唔，那就你来说吧。"

三个月后，我们结婚了。马克斯是我的伴郎，罗杰和他的合唱团唱了至少八首颂歌——这简直是一场他们自己的音乐会，只是中间时不时被我们的誓言等等小事给打断。婚礼是在威尔特郡举办的,我还记得那天早上在当地的小旅馆里刮胡子时,听见我父母在隔壁的洗手间里咳嗽和洗漱的声音;我的手在不停地颤抖,尽管离婚礼开始还有三个小时。天高气爽,暖风轻拂,英格兰的九月天几乎没有一丝阴郁。高高的树篱,一切都比北方更美。

我记得和马克斯坐在一起,等待简走进教堂;我的手死死按住右腿,让它钉在教堂地板上,以防它因紧张而发抖。教堂后面响起了小号和鼓声:罗杰的朋友们。中世纪乐器发出的声音让简看起来像一位伟大的女王,马克斯和我则像某个新共和国派来的区区使节。简挽着她父亲的胳膊前行,轻轻地和他说话,就像人们在舞台上看到的那样安静而富有戏剧性。只有我自己意识到她的左脚有点拖。她对她父亲说了什么?说了什么呢?"我害怕"?"我爱他"?"我爱你和妈咪"?"我为此等待太久"?精致的灰色面纱遮住了她的脸,像一层昂贵的灰尘。但随后她在我身边停了下来,掀开面纱,转向我,脸上露出平静和感恩的微笑。一串串野花编在她的头发里。

当地牧师为我们主持了婚礼——休·菲利莫

尔牧师,从头到脚一水儿黑色。黑色西装,黑色牧师衣领,脚上穿的是黑黢黢的牛津鞋。他抽一根黑色烟斗,戴着一副仿佛和烟斗一样材质的眼镜。整个人看起来似乎早就被一场可怕的史前大火烧焦了。出人意料的是,他那亲切、缓慢、空洞的致辞里,只字未提我们的婚姻。一次都没有!一切都是关于"拥有英雄的重要性——智力,灵性,道德。现在,"他站在精雕细琢的讲坛上,还在絮叨不停,"抽象的话到此为止。你们可能都想知道我心目中的英雄到底是谁吧。好吧,我将如你们所愿。在智性上,我的英雄是马丁·路德。我不认为还需要什么理由。我在灵性上的英雄——实在太多,但我会说出布朗神父的名字,在老切斯特顿[①]那些了不起的小说里。而我的道德英雄是温斯顿·丘吉尔。丘吉尔犯过许多错,事实上,前几天我还翻了一本最新修订的他传记,但归根到底他没有硬伤。要我说,充其量也就是一点瑕疵,何足挂齿。当然,基督应

---

① 吉尔伯特·基思·切斯特顿(1874—1936),英国作家、文学评论家、神学家。其推理小说创造的最著名角色是侦探布朗神父。

当是我们最伟大的英雄,但有时,当我们的信仰不够坚定时,我们也需要世俗的榜样!这就是我今天探讨这个问题的原因。"

当晚,我们在一家乡村旅馆过夜。我们没赶上晚餐,但客房服务送来了烟熏鲑鱼三明治和一大块斯蒂尔顿奶酪,上面蒙着一层蓝雾状的霉纹。简打开浴缸的水龙头,脱下她的裙子,穿着吊袜带的身材看起来小巧玲珑。她身后的浴室里,水龙头激起一团团蒸汽。

"我饿坏了,天啊,这些三明治可真好吃。达令,你真是不可思议。"她说。

"不,你才是呢。我什么都没做。"

"我们两个都做到了。明天就要去罗马了!"

"可怜的我们。让我们敬卡尔叔叔一杯。"卡尔叔叔为我们的蜜月买了单。

"敬卡尔叔叔。"

"敬卡尔叔叔。"

我触摸了简极其消瘦的后背和圆润的臀部。

"如果今晚不履行我们神圣的婚姻义务,会是个坏兆头吗?我实在是精疲力尽了。"我说。

简笑起来。"可能你对泡澡这件事有点陌生,我能够说服你和我一起入浴吗?"

"哦,我想可以吧。"

"然后我们看看会发生些什么。"

"就这么定了。你可以在上边①,就像音乐里唱的那样,是不是?"

"是流行音乐里唱的那样,汤米。不过老实说我是从来没从性的角度想过这句话。"

现在简和我分居了。我们的朋友可能会说,"我一直认为牧师那次奇怪的致辞是个坏兆头——你还记得吗,他通篇都没提到托马斯和简。"但在当时,似乎只是有点好笑。

---

① Take it from the top,原指音乐、歌曲从头开始。多首流行歌曲以此为题。

第十章

正如我所说，去年九月在桑德莎尔，我和简之间看起来一切都好，这使她在我回到伦敦后的举止显得更加扑朔迷离。她似乎不太想和我说话；更奇怪的是，她不再针对我身上那些她不喜欢的地方了，对我脏兮兮的睡衣，我那一边邋遢的卧室，博士学位和《不信之书》只字不提。在接下来的两个月里，她似乎只专注于自己的事情。她开始对我游手好闲的样子感到越来越不耐烦，会在吃早饭的时候冷冷地宣布，"我要独自一人待到午饭时间。"说话的时候她的下巴高高抬起。当我还在享受早晨的咖啡和香烟（我毕竟是我父亲的儿子）时，我就会听到她开始练琴。以前，简闻到我一天当中第一支烟的味道时，偶尔会大喊,"fee-fie-fo-fum①,我闻到英国人的气味了。"我很喜欢听她这么说,然后她会走进厨房吻我。我会穿着佩斯利花纹的睡衣,戴上围巾取暖,读一些开启心智的书。她会涂上一层唇膏,抿一抿,扔下一句,"我爱你,达令。"然后冲出我们的公寓,向圣三一学院出发。但在我们婚姻的最后几个月里,我似乎只会激怒她,她每天早上都会大步走向钢琴。有时我走到我们小小的起居室边上,站在她身后,看着她瘦削的后背上起伏的肩胛骨,然后转身离去。

简和我直到去年圣诞节才分居,但我把我们婚姻真正的终结定在了九月——从我离开伦敦去探望我病中的父亲开始算起。我离开公寓,去两百英里以外的英格兰北部,简为什么这么高兴?的确,就在母亲打电话告诉我父亲心脏病发作之前,我第一次向简透露了《不信之书》的存在,也提到我对这件事的兴趣越来越浓厚。我告诉她,我对博士学位也越来越心灰意冷。我没有告诉她的是,过去的九个月里,我几乎只做了这么一件事;我只是说它"集我所有思想之大成"。

---

① 来自英国童谣《杰克与魔豆》。

我希望得到她的共情。但我得到的只有恐惧。简看起来简直吓坏了！她看我的样子好像我在威胁她似的。

"你怎么了？"我问她。"你看起来很惊恐。我只是说这件事占据了我的注意力。只是分散了一些精力而已，并没有妨碍我写论文，我肯定会在今年年底之前完成的。"

"汤姆，有没有办法，任何办法，把这本书……你叫它什么来着？"

"《不信之书》，或之类的标题吧。"我腼腆地说。

"有没有办法把这本《不信之书》和你的博士论文结合起来呢？"简看上去依然很惊恐。

"但你的反应好像我几个月以来都扑在这本书上了！听着，这只是分散注意力的消遣。在接下来的几个月里，我担心这件事会妨碍写论文，潜在的风险，仅此而已。然后我回答你的问题，不，没法将这两件事合二为一，即使我想。博士论文是非常专门的，而那本书则极其宽泛。"

"但你刚刚才对我说你对博士学位感到越来越心灰意冷。你自己说的，就是这四个字。"

"这只是一种措辞罢了。我一点也没觉得心

灰意冷。只是有时候我感到很难集中精神，而且上个月——整个月外面都在修路，你知道的，电钻什么的一响，我很难全身心投入，窗户都快被震碎了！然后我很容易因为构思这本《不信之书》而分心，你也知道上周我感觉不太舒服，头痛得厉害。事实上是头痛欲裂。但我真的在努力写博士论文。"

"我很抱歉你头痛了。汤姆，你读这个博士已经几年了？"

"嗯，六年吧，我想。"

"我想，实际上已经七年了。"

"七年，好吧。是的，有七年了。"

"其中我们认识也有五年了。你的满口承诺，就像四季轮回一样。你的博士论文已经送走了撒切尔夫人，搞不好也会送走下一任首相。我只知道就算有一天轮到工党上台，你还是读不完！"

"我们国家宣布全体进入社会主义的时候，就是羊羔和狮子同卧之时①。"我嘟囔道。

"我很高兴你觉得这很有趣。但如果你拿不到博士学位，如果你知道你永远不会拿到，看在

---

① 见《以赛亚书》11:6。

上帝的分上，别读了，用你的生命做点别的事情吧！用我们的生命。你知道吗，达令，你这样整天穿着睡衣坐在家里，真的不太……不太像个男人。对不起。"

我觉得这句话太伤人了。但我没有说话。

"对不起，但这就是我的感受，"她继续说，"这就是你给我的感受。"

尽管从表面上看我们的对话还算轻松，我也不怎么烦恼。我用轻描淡写的语气，迫使简态度有所缓和。两天后，母亲打电话给我，桑德莎尔的事情成了当务之急。现在我真希望当初我把《不信之书》这件事告诉简的时候，她脸上流露出的古怪表情，那种全然的惊慌失措能引起我的重视。全然的惊慌失措！接下来的一切都笼罩在那恐惧之中。我猜想她突然觉得自己能看到未来，她能看得出来《不信之书》是不会就此打住的。当我说我没有花多少心思在上面的时候，她十有八九是不相信的。很明显，她不可能知道那"四本笔记本"，但她很可能非常清楚我在忙活些什么。我现在才明白，但当时却选择了视而不见。

回想我们婚姻的最后几个月，在我的脑海

中,简总是在生我的气,总是在练琴。我不否认我很难相处,尤其因为我需要为论文(或《不信之书》)而绞尽脑汁,这意味着我总是在家抽烟,但只有当简离开家去圣三一学院之后,我才会大肆吞云吐雾。我的理解是,她去那儿练琴是为了不用和我整天待在伊斯灵顿的家里。然而突然间,她不再去圣三一学院练琴,而是从此天天在家里练琴。我从桑德莎尔回来后,不知道怎么,简也变成一个不教课就不出门的人——一周只有三个下午。我想当我在桑德莎尔期间,她已经习惯待在家里弹我们起居室里那架斯坦威小三角钢琴了。而我回来之后,她也不想再调整她的生活方式。她想要待在家里。

我们的婚姻似乎发生了奇怪的置换。她不再责备我的邋遢、我的睡衣(有一次她差点把它从浴室窗户扔出去)、我万年不换的衣服、我的胡子拉碴、杂乱无章地堆在床边的书,以及漫无目的的阅读。但作为回应,她对我不理不睬,在那架该死的钢琴上不断练习,直到那些重音像锤子一样把我轰出家门。应该说是这种练习让我无法工作。我可以轻易把复杂的音乐从脑中屏蔽,对我来说反正也没什么意义。当然,我明白去年九月和十月,简需要为一个著名管弦乐团的重要音乐会强化练习,对此她也非常焦虑。但她似乎在钢琴上重复弹着一段听起来相当容易的段落,弹了一遍两遍三遍,然后再一遍两遍三遍,起码能循环一个小时,带着无畏的意志和强烈的决心,我几乎一听到就想为自己的软弱而沮丧哭泣。俄罗斯有句谚语说,"罪过犯两次,就不觉得是罪了。"但犯四百四十次罪呢?会觉得不是罪吗?我觉得简在钢琴上无休止地重复弹奏是对我的一种惩罚,因为我缺乏付诸行动的能力,无法重复重复再重复,无法"持之以恒"。

说到音乐,我的"中和"能力一点没起效。我是在去罗马度蜜月的时候发现了"中和"技巧。我不常坐飞机,因为我是个容易紧张的人,尤其当飞机遇到气流的时候。但这一次,我正从洗手间走回座位时,飞机突然剧烈下降,我被绊了一跤,摔倒在地,等我站起来继续往座位走去时,我意识到自己刚才并不紧张。我反思了一下(像简说的,用我的"哲言哲语"),这肯定是因为我和飞机在同一时间发生了颠簸,我的颠簸抵消了飞机的颠簸。当然,也没必要真的摔倒在地板上:在座位上坐定后,飞机继续摇摇晃晃,我试着在质量堪忧的座位上轻轻来回摇晃，发现自己一点也感觉不到飞机的晃动了，因为我在和它一起晃动。

我把这个"中和"原则扩展到其他地方：如果可以的话，我就在烟雾弥漫的房间里抽烟；如果我消化不良，我就吃点东西。我的失眠症得到了显著改善——直到最近，我一直在写失眠记录的最后部分。我没有试着去想睡觉或昏昏欲睡的念头，而是故意让我的脑子里充满了随机的、琐碎的思绪。现在，对简弹钢琴合乎逻辑的反应应该是"中和"它，也就是自己创造音乐，也许哼个小调什么的，但我的声音很难听，也不成调子。总而言之，不像抽烟、思考、进食或移动，唱歌对我而言不是一种自然的活动。所以我躺在床上试着看书，音乐在周围环绕，我试着不让自己陷入低落。然后我带上书走出家门，去找一个图书馆，或者安静的咖啡馆。

第十一章

我告别父母，回到伦敦，马克斯立刻就打电话给我了。他很喜欢我父亲——我父亲也很喜欢他——他想打听一下我父亲的情况如何。于是我坐上一辆出租车前往兰仆林，尽管简坚称我们负担不起这种奢侈的生活方式。

他给我开门时没有戴眼镜，那双眼睛看起来没有那么大了，我不禁瞥了他一眼。正如彼得常说的，马克斯看起来像"三幕剧中的男人"，他的头相当窄小，肩膀和一般人一样宽，骨盆则相当大。当他还是个少年的时候，他喜欢摆出一副真正的怀疑主义者的姿态，杀死一切虚情假意。在朝圣者小路上，在我们这个冠冕堂皇的"矿话哲学协会"的会议上，马克斯常常眯起镜片后的眼睛，点燃一根登喜路，仿佛这样就能挤死那些不实之词。我能在脑海中看到十七岁的他一屁股坐在橡树下,对我说,"这是真的吗?你能证实一下吗?"

就像科林和贝琳达认为保温杯适合用来上茶一样,马克斯比他想象中更像他的父母,他为我呈上了最奇怪的食物。唯一能在他公寓里找到的酒是装在变形塑料瓶里的茴香酒和一瓶多梅克·阿蒙蒂拉多①。我坐在他的厨房里,看他好心地在碗橱里刨了半天,最后端出一盘饼干,旁边放着一大管报春花牌奶酪酱,看上去像权杖一样神圣庄严。

"停下,快别忙了!我们得及时止损,干脆去街角那间酒吧好了。"

"为什么?"马克斯问,看上去大惑不解。我出于同情,只能小小地撒了个谎。

"因为我想喝点威士忌。我刚从桑德莎尔回来——那儿的酒精待遇就像军中配给。"

"那好吧,正好我也要买烟。"在我们年轻的时候,马克斯也喝酒,现在他基本只喝咖啡和可乐。我有时候想,他身上唯一接地气的地方就是

---

① 一种西班牙产的雪莉酒。

烟瘾了，并且依然对登喜路情有独钟。宽大的包装，玫瑰红的外壳，金色的内衬，小小的盒子像奖牌一样闪闪发光，看到就能让他开心起来。

我们沿街走到了兰仆林，那儿人来人往，大多数都很危险。

"我好久没来这儿了。"我说。

"这里的气氛总是……基本上不是刚开始，就是刚结束一场种族骚乱。"

"马克斯，你刚刚是引用了你自己的话吗？"

"没……呢。"他爽快地说。

马克斯说话慢得令人沮丧。不是说话断断续续，他很清楚自己要表达什么，他只是非常咬文嚼字。在我们的青少年时期，我曾经喜欢他较真的、略微做作的沉默——他是个极致的表现主义者，以他沉默的方式；马克斯在拿捏每件事的同时，也在明智地揣摩每句话的尺度。如今，他说话之间大段的中场休息显得很有控制力，是把观众留在剧场的一种方式。我要克制自己既不替他把话说完，也不对他沉默的权威感嗤之以鼻。

"真是个可怕的地方。"我喊道——我们走进了一个人头攒动的酒吧。即使对吸烟者来说这里的空气似乎也是致命的：每个人好像都在吞云吐雾，天花板浓烟滚滚。

"为什么？"马克斯给熏得直眨眼。

"有人没在抽烟吗？简直像所有法国人今晚都聚在这儿似的。"

"我都没注意过，"马克斯说，"我一般来这儿买烟，仅此而已。不过汤姆，你一直都不喜欢酒吧。你都有酒吧恐惧症了。和卡尔住了那么多年……把你变成了这样。他们对你来说太无产阶级了，太随意了。便宜啤酒对你来说是一种冒犯，你只喜欢酒瓶上标出……年份的。"

"我喜欢酒吧，"我说，我们正在奋力挤向唯一一张空桌子，"我只是不喜欢啤酒而已。"

"今天是专栏日，值得好好喝上一大杯。"

"今天写的是什么？"

"老生常谈，关于我们作为一个国家如何不再有创造力。巴拉巴拉。关于这个话题你肯定看过各种人写的文章了。"马克斯把眼镜往鼻子上推了推，我喜欢他这个动作。

"我不觉得是老生常谈啊。"我说。是马克斯太害羞了，还是他的沉默寡言隐含某种倨傲？如果面对的是同行，他也会马上对自己的大作闭口不谈吗？也许这种明显的谦虚背后隐藏着我的

"失败"——不仅博士没读完,讣告也没写。他是在我面前尽力掩饰自己的成就。

"我尚能读懂一两个论点。"我说。马克斯眨了眨眼,变得有些不自在。

"我不是……我没有说你不是合适的读者。只是这篇文章本身比较平庸。也就花了我两个小时的工夫。"

作为青少年,马克斯在好几个方面都比我更"哲学化"。但在牛津(当时逻辑学家是主流),他发现哲学出乎意料地困难。他过去常常向我求救,而我基本上是帮他写了关于亚里士多德的重要期末论文(这篇文章得了B减)。让他那可怕的父亲高兴的是,他改学了古典学。牛津大学毕业后,他决定"进入现实世界",在布里斯托尔的一家报社当记者,随后又在伦敦的《泰晤士报》找了一份类似的工作。有一周,他主动替正在度假的明星专栏作家写一篇文章,编辑非常喜欢这篇文章,于是他有了自己的专栏。我至今还有那第一期文章的复印件。马克斯年少成名的消息传得很快——那会儿我还住在卡尔叔叔家里,刚开始攻读博士学位,事实上,是母亲打电话让我去买一份《泰晤士报》的。我就像自己获得成功一样高兴，没有一丝嫉妒。我记得自己还纳闷为什么一点都不嫉妒呢。我的总结是我这么开心，是因为马克斯的成功就是我们两个人的成功。最纯粹的两小无猜和同乡情谊让我一时晕头转向；出现在《泰晤士报》上的可是桑德莎尔的马克斯，说矿话的马克斯啊。

他的名字正对着可敬的读者来信页。那一天是1984年10月13日，马克斯二十四岁，那会儿他远没有现在保守。他在当时的文章中对撒切尔夫人以及她刚刚在布莱顿保守党会议上发表的讲话进行了激烈的抨击，爱尔兰共和军（IRA）给她送去了一份烫手的礼物，在酒店引爆了炸弹。当然，撒切尔夫人没有被吓倒，而是继续发表她的演讲，主要关于约克郡和诺丁汉郡的矿工，他们已经罢工七个月了，抗议政府关闭矿坑。少数矿工壮着胆子回到矿坑里干活，这个快乐小分队受到了铁娘子的极力吹捧："他们是狮子！让我们骄傲地称他们为最优秀的英国人！"

马克斯这篇文章的微妙之处不在于他对撒切尔夫人的抨击，他指责她的"政治视野就像电影一样耸人听闻（在全盲的国度，戴上3D眼镜的女士将成为女王）"，而在于他认为这是英国人固有的惰性，所以不管矿工罢工与否，煤炭工业的未来都不会有丝毫改变。他把这种惰性归咎于"愤怒"和"忧郁"之间的古老较量。马克斯抓住撒切尔夫人说的"最优秀的英国人"这句话，追问"英国人"到底意味着什么。他写道，对司汤达而言，英国人"只有在愤怒的时候才完全活着"；但德昆西认为，英国人本质上都是"忧郁的"。马克斯认为，德昆西和司汤达都没错。他认为英国历史总是在愤怒和忧郁之间摇摆，有时这些对立的倾向在同一时间或同一个人身上互相抗衡。他说，这就是我们英国人喜欢的方式，因为这意味着什么事情都做不了，这就是我们想要的结果。但现在出现了撒切尔夫人，一个"愤怒"的女人，决心摧毁这种怠惰的平衡。

自从第一篇文章获得爆炸性的成功，马克斯开始稳定地写作，一周一篇专栏。我剪下了他的许多文章，因为很长一段时间我都在考虑自己写一篇来分析我喜欢和不喜欢这些文章的地方。他有时表现得很不真实，竭力模仿年长者的自信。还有，我觉得他写得太多了。权威作者不应该成为写手。马克斯的一气呵成，每周都能写出点东西的惊人高产，是一种危险信号。他近期的作品在我看来格外平庸。但从他日益高涨的人气来判断，他的读者显然不这么认为。当然在这件事情上我说的话不足信，不仅仅因为简在去年圣诞节告诉我的事情，更因为我总有一种悲哀的感觉，那就是马克斯不再和我站在同一边了。

但去年九月在酒吧里，马克斯表现得还是很贴心的——或者说是一种圆滑的谦虚。

"听着，汤姆，我不想没完没了说自己的事情，"他说，"而且意外的是我更关心你爸爸的状况，而不是我最新一期专栏。反正你明天就可以看到文章了。"

"哦，当然，爸爸还好。"

"他看起来样子有变化吗？是不是虚弱了一点？你妈妈还好吗？"

"是的。没有。很好。分别回答你的问题。"

"你怎么了？任何人都会觉得……心脏有毛病的是你吧。"

"你说得很对。"我说。我无法直接告诉马克斯，他对我父母的爱戴总是让我很恼火。我本应更体谅他。毕竟他的父母是科林和贝琳达·瑟洛这样的人。他把这份感情转移到彼得和莎拉·邦汀身上，一点也不奇怪。

"但他确实有点变样?"

"是的,更瘦了,看起来衰老了一些。但只有亲近的人才能看出来。我怀疑大部分人都看不出有什么区别。"

"唔,"马克斯说,"我对他的音容笑貌……可是熟悉①到不能再熟悉了。"

"马克斯,你上一次回桑德莎尔是一年前。还是两年前?我忘了。"

"可我每次回去都顺路看望你父母。"

"就像我这次被迫去看望你父母一样。"

"我都不知道!你怎么没说?'北方的克拉苏斯'……还好吗?"马克斯有时称他父亲为"克拉苏斯",和普林尼书中一个人物同名("不是那个著名的克拉苏斯",他告诉我),在古代世界中,此人以从未笑过著称。

"你父母一直拷问我你的专栏怎么样。"

"好像他们多在乎似的。"马克斯又推了推架在鼻子上的眼镜,接着他一头扎进肉汁色的啤酒里,唯有一双放大了的眼睛,越过高高的啤酒杯边缘望着我。

---

① 原文此处为法语。

"哦,他们很在乎,"我说,"我觉得他们是真的为你骄傲。并且骄傲到不愿意承认。据我所知,他们甚至可能在偷偷读你的文章。"

"妈妈有一次告诉我,爸爸承认他在大学图书馆的期刊室偶尔会读到我的文章。"

"你看吧。"

"不,汤姆,他们可能时不时感到骄傲,但依然会完全反对我做的事情。除了我是个记者以外,他们现在还不喜欢……我的政治理念。上次我回家,爸爸和我争论报纸的功能,妈妈和我争论撒切尔和东欧社会主义阵营的解体。所以我还是保持距离吧。事实上,我想正是因为我知道桑德莎尔没人看我的专栏,我才写得更好,更大胆。不在场……让艺术变得更有力量,我想。"

"至少你的文章在牧师住宅不是没人看。我父母总是在说你的事。他们是《泰晤士报》的忠实读者。"

"啊,不好意思。"

"别不好意思。唔,除了一件事。你要是没跟他们说过讣告的事情就好了。爸爸拿这件事来笑话我,他和妈妈本来就喜欢拿我们两个人做比较,这就让我们之间的差别更明显了。"我发现自己确实很难原谅马克斯肆意散布我没有做委托作业的消息。

"哦,我不认为你这么在意这些讣告,否则你会写的,不是吗?"他的态度简直难以捉摸。

"我没放在心上,不过是新闻写作,我一眨眼就能写完。"

马克斯又用他那双被镜片放大的眼睛看着我。

"我不是那个意思,你知道我不是。我的意思是,写讣告对我而言毫无障碍,只不过我那会儿实在是没时间。一点时间也没有!我得先把博士论文写完。"

"好吧,好吧。我知道你要写论文。我要是知道牧师住宅的当家会用这件事来对付你的话……我当然不会提到啦。所以你爸爸怎么笑话你了?"

"他说,还好我没写讣告,显然就是因为我没写,这些人才能活下去。滑稽吧。"

马克斯笑着感叹道:"我真爱你爸爸!"

"我倒是希望我写了。估计海格利已经重新委托别人了。"

"我可以帮你问问。"马克斯是个热心肠。

"算了吧。你对我很好,真的。是的,我本该挣到这笔钱。绝对应该。简和我昨晚又吵了一架。我们得计划着过日子了。你应该赞成吧,马克斯,我们要学会当好的货币主义者。"

"是的,撒切尔的货币主义是件好事,但就个人而言,我认为人们不是应该尽量少花钱,而是应该尽量多挣钱。"

"哦,谢谢你的建议。那如果我是那种挣得少花得多的人呢?这种人叫什么?"

"还真有,这种人叫货币宽松主义者,你就是其中之一。"

"什么?"

"在经济学里,有个名称叫作'货币宽松主义者'——意思就是对货币流通……比较松懈的人。我喜欢这个名称,听起来像医学名词。"

马克斯让我心中产生了一股熟悉的暖流。慢吞吞的聪明话隔着阵阵浓烟,从桌子另一边传来。

"这可不是闹着玩的,我和简现在总是吵得一塌糊涂。她怪我一分钱收入都没有,只能她来扛起养家糊口的重担。"

"那么你能体谅她的处境吗?对她来说,生

活很艰难。我敢说她肯定更情愿纯粹地弹琴,而不是教课。"

"她跟你说过些什么?"我马上问道。

"什么也没说过,"马克斯说,"什么也没有。"我觉得他否定的语气有点过于坚决。

我们喝起酒,然后都沉默了。过了一会儿,我重新打开话题:

"我告诉过你我脑子里想的另一个项目,你知道吧?"现在我说话也变得慢吞吞的。

"是的,你现在在做的……那个什么书。"

"什么书……你在逗我呢。"

"可能吧。"

"好吧,我敢肯定简对这件事完全不能欣赏。我们就在为这件事争吵。"

"你也跟她提过?"

"是啊,就在我回家之前。"

"你跟她说了这本书写了什么?"

"我什么都没告诉她。我说这是我一直在想的事情,而事实上已经写了好几本笔记本了。我总得解释一下这几个月都忙了些什么吧。"

"所以如果她什么都不知道,你又怎么能指望……她会欣赏呢? 我也不能'欣赏'……鬼魂或者孟买。"

"也许你也不能欣赏。"我一边咕哝着一边喝起酒来。

"这是个不合逻辑的推论。"

"矿话!"我微笑着对马克斯说。

"如果你肯屈尊给我看一点儿,我敢肯定我会欣赏。"

"其实吧——我现在就有几页,带在身上。"

我忽然感到非常不好意思。我从外套口袋里掏出四张折叠起来的纸,上面写的内容是关于克尔凯郭尔的。马克斯看起来非常开心,说道:

"这是自从……我都不知道多久以来,你第一次给我看你写的东西!我可以现在就读吗?"为了让他安心阅读,我去了一趟洗手间。泛着泡沫的尿在堵了的肮脏小便池里一览无余。我身后的隔间里,一个男人正在一遍遍地冲自己咆哮,"胡说八道!胡说八道!完全是胡说八道!"等我回来后,马克斯给出了评价:

"这完全是关于简的,不是克尔凯郭尔。"

"你什么意思?"

"这里,还有这里,从头到尾。"

"哦天哪,在给你看之前我本想删掉提到简

的部分。"

"留着吧。"马克斯说。

"为了谁呢？又没有任何读者。"

"我能想到一位读者——中世纪意义上的。"

"你把我搞糊涂了……哦……该死，这可真是个下流的笑话。"我笑起来。

"一点也不！难道上帝不是你的目标读者？"

"我又不信上帝。"

"你信，"马克斯说，"你信的。"

"不，我不信。你为什么这么想证明我信？你该不会一天到晚自己偷偷往教堂跑吧？如果你有什么要跟我说的，尽量温柔点。"

"不，"马克斯回答，"我没有去教堂。但随着自己年纪越来越大，我觉得没人是真正的无神论者，每个人都相信点什么。"

"哦，我明白了，"我不无讽刺地说，"某种不可避免的事情。就像我的小腿上似乎总有新的伤口或者瘀青一样。我也不知道是从哪儿来的，也不记得撞到过什么东西，也不疼，但我的小腿上总有伤疤。宗教就是这么个东西，你是这个意思吗？"

"宗教的伤疤！汤姆，看得出你进入状态了，声音都高了。别激动,我没打算……跪领圣恩。我只是想说既然宗教是人类创造出来的,以人的形式呈现,那么……这其中的一切也至少和我们一样是真实的。"

"哈,我从来就不相信你是无神论者。你是未出柜的基督徒。"

"不……我既不在柜子里,也不是基督徒。不过我也不认为宗教是一种……命题机制,可与之争论、反抗和证伪。这是一种生活方式,一系列行为习惯。它是实践而非知识,它是存在的事实。如果一名农妇亲吻一幅圣像,你不能说她这么做是错误的。就像种田一样。人们总能以某种方式收获他们的庄稼。而这永不可能……是错误的,即便发明了新的、更快的方法来取代它。或者就像音乐一样。你可以喜欢或不喜欢一首曲子,但你不能说它是错误的。为这一点进行争论不仅……毫无意义,也毫无必要。我说得对吗?"

"为何毫无意义?"

"因为祈祷的欲望,就像收获庄稼一样,是一种需求,一种饥饿,而不是一个观点。你可以和观点争论,但你不能……也不应该和饥饿争论。"

"我几乎反对你刚刚说的每一个字。"

"我想也是,不然你也不会写一本《不信之书》了。"马克斯微笑着说道。

"这很荒谬,首先,在我目前的认知里,音乐并没有引发长达几个世纪的战争,种田也没有。至少,这不是一项种植和收获的永恒事业。但宗教是。于是乎,你所说的这种饥饿,这种'需求',本身就包含人们愿意为之争战的意思。一个农民在踏上旅程前亲吻圣像,是因为她的传统告诉她,这么做可以保佑她获得庇护和祝福,就像现在的人会在飞机起飞前在自己身上画十字一样。为什么这不是一个命题呢?按你的说法,"我接着说,"一个人怎么会像保罗一样归信,又怎么会像我一样失去信仰呢?像我们一样!发现或失去一种信仰,就是发现或失去对耶稣和福音书作者提出的一系列命题和保证的信仰。"

"这不是契约!总而言之,这方面我们有点不同,"马克斯说,"我……从未失去过信仰。"

"好吧,我也没有。"

"不是的。你有过,然后没有了。十四、十五岁的时候。我记得你告诉过我。尤其是你有过你父母的信仰,而又必须……反抗它。"

"我可没有反抗他们的信仰。绝对没有。"

"没有吗?哦,越来越有意思了。我们很久没有这样了。你在……看什么?"马克斯问。

"一只巨大的苍蝇在桌上溜达。老天啊,快看它!"

"汤姆,这是只……苍蝇。一只苍蝇而已。"

"你知道我多怕虫子!"

"一只苍蝇,汤姆,一只苍蝇。"

"我要拍扁它。太恶心了。"我挥起啤酒杯垫在桌上又拍又打;苍蝇转了个弯,又厚颜无耻地落在桌面上,停下来搓它的前腿。我又挥起杯垫一通狂扇,苍蝇再一次绕过我,飞了回来。

"我没法和这只虫子一起待在这里。"我说。一部分是真诚地表达——我确实非常讨厌昆虫——而另一部分则很高兴能利用我对昆虫的厌恶来结束我们的讨论。

"这是一种恐惧症,你要……你得控制一下。"马克斯说。

"确实,简也这么说。但是现在,我们走吧,好吗?"马克斯说得没错:能像以前一样和他唇枪舌剑是一种乐趣,但我们的见面让我产生了一丝怀疑。马克斯似乎跑到了另一边,偷偷加入了我们小时候称之为"神谕者"的群体。一年之后,当我再回顾这次交谈时,我意识到他是多么巧妙地避开了真正的主题:简。

第十二章

以下是马克斯在酒吧读过的那几页。我采纳了他的建议,保留了所有提到简、我们的婚姻,以及我最初动笔写这篇文字的伊斯灵顿公寓的内容:

克尔凯郭尔是一个可怕的自命清高之人,他怎么可能不是呢?他的名字在丹麦语中就是"教堂墓地"的意思,本人更是集基督教令人憎恨的特质于一体——残酷,禁欲,效仿基督这种不可能的挑战——然后大喊:这正是你必须追随基督的原因!比如他写基督教根植于罪的概念,尽管连他自己都觉得这太严苛了。但是他说,很不幸,基督教就是严苛的。苏格拉底认为罪是对善的无知;但克尔凯郭尔认为,苏格拉底太过宽容。他说，基督教认为我们犯罪有两种方式：第一种是故意犯罪；第二种，即我们都继承了原罪。"教堂墓地"承认原罪是一个可恨的想法——"基督教关于罪的教义无非是对人的轻蔑，一桩接一桩的指控"——并写道，"每个人在上帝面前都是透明的，即使玻璃盒子里的人，也不像在上帝面前那样赤裸裸。"这都是漂亮话，多年来我常常想到玻璃盒子里那个可怜的、被上帝观看的人，正好和我读过的有关摩墨斯的内容在脑海中融为一体。摩墨斯是嘲弄之神，他希望能在人的胸膛里装一个玻璃盒子，好看到此人的心脏。（多么卑鄙的形象！）是的，这些都是漂亮话，充满了反对上帝的愤怒、对罪恶观念的不敬、对我们与上帝之间可怕的透明关系的愤怒。

当然，克尔凯郭尔就像一个吃了黑甲虫或羊睾丸的人，固执地宣称这些都是人间美味，然后转过身说：这正是我们必须是基督徒的原因！

但最糟糕的是，在《非此即彼》的结尾，有一节题为《在"相对上帝我们总是不对的"这一想法之中所蕴含的那陶冶性的东西》，这段话无疑代表了"教堂墓地"本人可怕的思想。克尔凯郭尔说，上帝总是更爱世人，而非世人更爱上帝，这句话（再加上我们总是有罪的事实）意味着"相对上帝我们总是不对的"。他说,我们应该想要这样的错误,这是一种陶冶。他拿平凡的爱做类比。"教堂墓地"说,如果我真爱我妻子,她对我做了错事,我会不快乐,因为我突然成了对的那一方,而她是错的那一方。事实上,如果我真的爱她,我会想和她交换位置,这样她就是对的那一方,而我就成了错的那一方。

此话不假。当简有时用词出现失误(有天晚上她把大众说成了精英),或者把一个哲学家放到了错误的时代,我会瞬间有想去纠正她的冲动,然后这个冲动就过去了,取而代之的是一个更强烈的愿望,那就是什么也不说,仿佛这是我的错。在这一点上克尔凯郭尔也许是对的:也许正因为我爱她,我不希望她在我面前是错的。这很痛苦,我宁可自己是错的那一方,这样就不那么痛苦了。我躺在伊斯灵顿公寓里的床上写下了这些文字。看着这张床,看着床的两边,她的那一边和我的那一边,我问自己:为什么简的那一边总是散发着芬芳的气味,凉爽,平整,好像她很少睡在这里一样,而我的这一边却似乎在前一天夜里被野兽踩躏过,散发出难闻的气味,枕头也被压扁了,被子里还缠着毛发?躺在她那一边的床上,闻着气味芬芳的枕头,是多么美妙的感受啊。是的,是的,我想,丹麦人很聪明,一个人想和他爱的人互换位置,因为这个人是错的,而她常常是对的。他也渴望在对的那一边。

但克尔凯郭尔不是这么说的。他认为,我想和简互换位置,不是因为我是错的,想和她同站在对的一边,而是因为我希望我站在她的对面,站在错的那一边。他设想了一个理想的世界,在其中,如果简说,"斯宾诺莎是德国人,不是吗?"尽管我感觉自己对极了,可我非但不会纠正她,而且会把这错误当成我自己的错误,低声说,"我的错,我的错。"如果我说柏辽兹是西班牙人,她也会这么做。

这就是我们和上帝的关系。克尔凯郭尔说:有了这个巨大的区别,我们不应该认为,"上帝总是对的,因此我总是错的。"相反,我们应该认为,"我总是错的,因此上帝总是对的。"他爱我们远胜过我们爱他,我们不配得到这份爱,我们必须为这份不公平、这头重脚轻的比例失调而欢欣鼓舞,一遍又一遍地对自己说,"与上帝作对,我们总是错的。"

克尔凯郭尔的"爱"听起来不是很像恨吗?在这方面他和西蒙娜·薇依一模一样。难道不能在克尔凯郭尔(或薇依)的作品中,用"恨"来替换每一个"爱",从而得到这个世界更准确的图景吗?上帝恨我们更甚于我们恨他,我们配不上那种恨,因此在上帝面前,我们总是错的。克尔凯郭尔希望我们继续喃喃自语,"我的错,我的错",上帝让他的地震、大屠杀和饥荒肆虐,与此同时说出上帝认为他想说的任何胡言乱语,也许是:"柏拉图是英国人",或者"大屠杀从未发生过,我,全能的,伟大的耶和华,否认它的存在。"(是的,上帝有充分理由成为第一个否认大屠杀的人。)克尔凯郭尔对我们和上帝的关系的观点,让我想起了西塞罗和其他几位古典作家讲述的一个斯多葛式自我控制的经典故事。葡萄园主阿奇塔斯发现他庄园里的奴隶表现出攻击性和不服从的行为,他意识到自己为此感到太过恼怒,太过暴躁,于是阻止自己采取任何行动,只是在经过他们身边时温和地说,"你们很幸运,我在生你们的气。"

好吧,简而言之,这就是我们与上帝之间的关系,不是吗?阿奇塔斯对"幸运"的看法和克尔凯郭尔相差无几,不是吗?上帝生我们的气是我们的"幸运","幸运"的是他创造了我们,即使我们在葡萄园没有表现糟糕,也没有做过任何坏事,我们仍然应该卑躬屈膝,像我父亲那些可怜的教区居民一样跪下来念念有词,"我的错,我的错,你生我的气是我的幸运"——一切都是因为亚当。他无论如何都是被这个可恶的暴君创造出来的,也许他不想被创造。可怜的亚当吃了那个倒霉的苹果。哦,人类什么时候才能谋杀上帝这个邪恶的概念?一百年前尼采告诉我们上帝已死,难道现在的上帝比那时候死得更透吗?直到最后一天,真正的审判日,勾销日,极乐的清净,生命的假期,空寂的安息日——在那一刻到来之前,我提议把克尔凯郭尔的话启发性地颠倒一下:"在'相对我们上帝总是不对的'这一想法中所蕴含的陶冶性"。

第十三章

我为什么会相信简对重归于好的承诺?自从结束在哈罗德的那份工作后,她一共屈尊和我见了几次面?三次。三个月,只有三次。现在九月刚过去,十月才开始,无论有过什么好转的势头,现在也已经完全消失了。这个周末我开始恐慌,打电话给罗杰征求他的意见,我想也许他会愿意为我说几句好话(甚至代表我撒个善意的谎)。他和简在音乐学院就认识了,关系很亲近。但首先,罗杰总是会让我干体力活。他总是要把一些东西搬到某个地方——一架羽管键琴,五十本活页乐谱,一千张黑胶唱片,或者一群人,通常是那些没车的合唱团团员。他问我能不能做一个"大好人",帮他把一场即将举行的音乐会的六箱传单从印刷厂搬到他的公寓里去。"这场音乐会很重要，"他飞快地说，"我们必须接受'塔利斯学者合唱团'的挑战，还要在他们的地盘打败他们！"所以我们花了一早上时间，挤在堆满纸箱的出租车里穿过整个伦敦。然后罗杰说他得"赶紧"去拿什么东西，我被丢在他冷冰冰的公寓里整整两个小时。三点钟他赶了回来，汗流浃背，喋喋不休。

"请你原谅我，今天真是够呛。哦老天，这该死的时间，现在都三点了，你居然还受得了我？抱歉，抱歉。"

"罗杰，冷静一点。我在这里待着，翻翻你的书架，挺快活的。"

"是不是有一次，马克斯指着你的书架大喊，'托马斯，这些才是你真正的朋友！'我记得是。"

"是的，的确如此。每次我看到你的合唱团也是同感。"

"哈！说到这里，我们何不现在去威斯敏斯特教堂听唱诗班唱晚祷？"

唱诗班的歌声当然动听，我们以前也听过。我还没有机会向罗杰提起简。我们再次穿过伦敦前往威斯敏斯特，罗杰一直说个不停。大城市里的大教堂总是让我迷惑。我已经习惯了杜伦，走上一条安静的鹅卵石街道,两边是密密麻麻的建筑,然后面前赫然出现一座大教堂,教堂周围的空旷带来一种巨大的冲击。但威斯敏斯特教堂就坐落于议会广场繁华的环形商业区之中,与之形成鲜明对比的是教堂内部阴冷的黑暗,仿佛一个永恒的黎明。坐在晦暗的阴影里,罗杰小声念叨"可怕的音响效果",而我喜欢表现得像一个忏悔者,隐秘的亵渎念头却在脑子里疯狂滋长。突然间,咏礼司铎和会吏长鱼贯而入,陆续走上中殿。经过我们身边时,他们飞扬的长袍褶边拂过教堂的石头地面。他们谦卑地低下头;他们要"变脸"了,我想。我父亲在杜伦有一位老朋友,虔诚的咏礼司铎珀西,常常把紧握的双手举在胸前,像举着一条听话的鱼一样指向前方。当他向左转走进雕花小隔间时,那条鱼也指向左边。

牧师后面跟着修道院的唱诗班——先是小男孩,然后是成年男子,整个队伍就像一张道貌岸然的生长曲线图,腼腆地忽略了青春期。从纯真无邪直接到饱经世故,跳过笨拙的发育期。接着,咏礼司铎开始吟诵:"神啊,求你为我造清洁的心。"他们在礼拜中唱的是《诗篇》第 123 篇,不是我最喜欢的篇章。"耶和华阿,求你怜悯我们,怜悯我们!因为我们被藐视,已到极处。"我喜欢这么多不同的声音和类型交织在一起:一个病恹恹的男低音,在祈祷时嘴里含着药片,咔咔作响;一个自命不凡的男中音,唱得怒气冲冲,也许是为了驳斥人们认为男中音都是娘娘腔的偏见,还留了一脸的大胡子;一个年轻的男高音,非常英俊,除了过长的脖子和巨大的喉结:很难不去看它呆板的挣扎,他看起来好像在努力吞下一个木桩子。男孩排在成年男子前面。我一一赋予他们人格:圣徒,恶棍,过早自慰的,美貌到连亲生母亲都会羡慕的金发男孩,不会唱歌的,父母每周都会带着换洗内衣和水果蛋糕去学校探望的弱鸡。指挥他们的是唱诗班的总监,一个外表精致的家伙,毫无疑问,他在排练时坚持用法国口音说的"合奏"这个词,其他男孩背地里都在嘲笑他。

当然,几乎听不到什么音乐,因为罗杰全程都在解说,每当男孩们竭力唱一个高音时,罗杰就皱眉蹙额,戏剧性地从牙缝里吹一声口哨。他拨弄着节目单,手指在上面乱戳。

"为什么唱诗班要唱这些维多利亚时代的破东西?太可耻了,"他在我耳边说,"我们有都铎和伊丽莎白时代留下的伟大的英国文化遗产,就在那儿——都在那儿!这些音乐总监却搬出哈罗德·达克、赫伯特·豪威尔斯、卫斯理、萨姆森和巴尔福·加德纳,尽管著名的巴尔福·加德纳和弦——著名的,或者臭名昭著的减七和弦——的确是个非凡的和弦。这个和弦比希特勒的整个职业生涯都有价值。"

希特勒当然不是那个希特勒,而是让罗杰迷恋的那位著名的,不受欢迎的指挥。

"罗杰,"我低声说,"你到底在说些什么啊?萨姆森?达克?"

"你看,我就是这个意思,这就是我要说的!他们这名字本身就表明了他们有多平庸。他们都是二十世纪初英国的教会作曲家。我简直恨透这个词了。教会作曲家!根本没有这种作曲家。他们水平简直太差了。与此同时,塔利斯、伯德、吉本斯、珀塞尔都被忽视了——内勒①的《一个声音说》却大受欢迎。"

"唔,等等"——不要指望罗杰自己能安静下来——"你不适合对名字评头论足吧。你那些

---

① 以上诸位均为英国作曲家。

音乐圈的朋友,我是说音乐家,大众知道的,电台整天在放的,名字都好像是英国旅游局什么市场营销部给他们取的。"

"我的名字可不像。"

"罗杰·特里劳内一听就是英国人。还有那些演奏'正宗乐器'的人?拉尔夫·巴利、克里斯托弗·罗宾逊、杰里米·达比希尔,还有那个古怪的通奏低音乐手,西蒙·皮考克,或者其他什么名字。"

"史蒂文·皮考克。"

"你懂我的意思就行了。这些家伙的名字简直像是为了显示出英国正统!他们是不是都会吹古长号、高音双簧箫、弹鲁特琴?他们当中至少有四个人在我的婚礼上表演过。等你哪天和一个叫亚当·阿尔比恩的人录一张中提琴唱片,就差不多了。"

我从眼角瞥见一个苍白年迈的教堂司事向我们走近。他像踩着天鹅绒轮子一样,沿着过道匀速前行,在我们的长椅旁停了下来。奇怪的是他什么也没说,只是站在那儿看着我们,也许是想装出一副威胁的样子。然后他又慢慢地远去了。

"你懂他的意思了?"罗杰低声问。

"应该是冲你来的吧,你才是那个一直在讲话的人。"

当礼拜结束,唱诗班开始唱歌的时候,管风琴听起来——音色极美,银色斑驳的混杂气息吹过无数音管。作品结束时,风琴手放慢了速度,最后的大和弦即将到来。有时似乎管风琴演奏家喜欢紧紧抓住最后和弦之前的预告,不是吗?大和弦终于迎来了属于它的时刻,比故意延长的预告里暗示得更令人满意。1、2、3、4、5秒,风琴手仍然把手指和脚压得低低的,好像他当场暴毙了一样。教堂里充斥着各种声音——小管子清脆的叮当作响和大管子龙吟般的低吼。和弦结束后,幽灵般的回声在教堂里震荡,1、2、3、4、5秒——和弦的记忆与它的实际音响同等强烈。

罗杰和我坐在那儿,等待教堂里的人走光。我感觉时候到了,该说开场白了。

"我们婚礼上那些音乐家……婚礼也就是不久之前,但感觉好像已经是另一个时代了。"我打开了话头。

"嗯……我们那天状态不算巅峰。"

"好吧,我们都差不多。"我循循善诱。

"是啊,我说真的。我们最好的男中音没去,曼迪·沙利文,你知道的,我们的女高音,声音棒,胸部大,结果那天重感冒,只唱出了百分之六十的水准。"

"那天挺好玩的,很开心。那时一切似乎皆有可能——我是说我和简之间。一切看上去都很美好。即使是博士学位。"

"我们在你的婚礼上唱砸了塔利斯的曲子。《诞生于光明中》。曼迪状态不好,我们就没法正常发挥。不过这是多么美妙的颂歌啊!天啊,这首颂歌太美了。奇怪的事实是,在普赛尔和埃尔加之间,两个多世纪的时间里,英国音乐史上没有产生任何有质量的作品。完全没有。这就是为什么我反对这些唱诗班唱萨姆森和达克。如果你问我,我会告诉你一切问题都出在宗教改革。1536 年,休·拉蒂默取消了礼仪年的所有节日,于是一切都出了问题。再也没有圣安妮日,再也没有圣卡斯伯特日,圣斯威辛日,圣十字架日,等等。他们摧毁了记载这些的萨拉姆日历。"

看样子似乎没办法引导罗杰顺其自然地开展对话。他如此沉迷音乐,有时候简也是这样。唯一的办法就是单刀直入。

"罗杰,你认为简为什么坚决不搭理我了?

她在去年圣诞节抛下我,是我活该。我不知道她跟你说过什么,但她完全有权这么做。我们吵得很凶,我不小心说漏了嘴,她觉得自己受够了。但是那是很久以前的事了,一年前,我想是在五月份,当我自己的父亲去世,纯粹的人类尊严也许已……嗯,你可能知道,在葬礼上,她说如果我向她证明我真的脱胎换骨重新做人,她会让我回来的。她说我们应该经常见面吃个午饭什么的,我要向她证明我已经改过自新了。她就是这么说的。但她不和我见面,我怎么向她证明我已经改过了呢?难道要我闯进她该死的公寓吗?"

"好吧,你再怎么生气也没用。"罗杰心平气和地从牙缝里挤出这么一句。

"生气?"

"是的,生气。给点时间。简要举行一场大型音乐会,实际上是她最大的音乐会。在威格莫尔音乐厅。她一定是最棒的。她要弹该死的《槌子键琴奏鸣曲》!呵!那首曲子可不是给懦夫准备的!也不适合情感无法集中的人。你能为她做的就是给她一点空间,让她真正做好准备,仅此而已。"

罗杰,无可救药的未婚人士,使我们岌岌可

危的婚姻听起来像简的经纪人尼科尔森起草的法律文书，功能就是分配探视和钢琴演奏的时间等等。我意识到罗杰是最不适合咨询这些问题的对象了。多年来他一个人住在卡姆登冷冰冰的公寓里，房间里有一架大钢琴和一架羽管键琴，这些巨大的抛光木头装置让所有跟音乐无关的行动都变得局促起来。罗杰几乎完全没有家庭生活的概念，可我又能和谁说呢？

"听着，汤姆，我要举办一个音乐派对——你记得我以前举办过的音乐晚会吧，就在一周后，我请了所有人，包括简。马克斯也会来，还有他那个完全不懂音乐的女朋友，菲奥娜。"

"哦是的，菲奥娜·雷蒙德。简和我去年圣诞节第一次在桑德莎尔见到她。事实上，就在我们大吵一架，简跑回伦敦的前一天。最近没怎么看到菲奥娜了，也没看到马克斯。"

"是的，她完全不懂音乐。我之前没想到这些，你也一起来吧，权当试试水？如果你没法正常和她见面，不如来个出其不意，我保证会在最后一刻再告诉她你要来。"

罗杰想以他的方式帮我一把，我接受了这份好意。我们在修道院的大门口分道扬镳。他有地方要去,已经迟了半小时。我无处可去,在外面站了几分钟,一边抽烟一边看着议会广场的车水马龙。唱诗班的小男孩穿着黑色斗篷,头戴缀着紫色流苏的方顶帽,排成两列,从我身后高耸的大门里鱼贯而出,踏上回学校的路。他们看起来和杜伦那些穿着黑斗篷的唱诗班男孩没什么两样。每当我回桑德莎尔的时候,我都会去听唱诗班唱歌,关于大卫杀死押沙龙之后,走进他的房间哭泣,或我最爱的《启示录》里那些美丽的话语,"神要擦去他们一切的眼泪;不再有死亡,也不再有悲哀、哭号、疼痛,因为以前的事都过去了。"看着那些快乐的小男孩唱出如此难以名状的沧桑总让我产生一种可怕而又近乎滑稽的感觉,但当威斯敏斯特教堂的孩子们唱着《诗篇》第123篇中的那句话:"耶和华阿,求你怜悯我们,怜悯我们!因为我们被藐视,已到极处。"我也很难不抱怨,他们被藐视了吗?二十分钟后,这些孩子可能在校园里踢足球,或者像难民一样为一枚五便士的硬币争吵不休。我记得有一次离开杜伦大教堂时,遇到了六个穿着夹克和短裤的唱诗班男孩,他们把一个男孩团团围住,拽着他的胳膊。我以为他们在打架。但实际上他们正在数他的钱。"二十四便士。"一人说道。另一个严肃地说,"不够。但我们可以只看不买。"我忍不住笑了,一帮小兄弟揣着二十四便士进城去耍,可能违反了学校规定,他们跑跑停停,我看着他们穿着夹克衫的天真背影,教堂院子里坑坑洼洼的鹅卵石地使得他们的脚步格外特别。

我们被藐视到极处了吗?我一点也不觉得被藐视。我们需要哀求怜悯吗?但是那些小男孩犯了什么罪呢?谁的心是不洁净的?肯定不是我,也不是亡父的教区居民。在桑德莎尔,父亲还活着的时候,村里的老太太们跪下皱巴巴的膝盖,忏悔自己的罪孽。穆莉尔·斯佩丁穿着她那双坟墓样的鞋,害羞而顽固的苏珊·佩雷兹-坦普尔,还有挂着三根手杖的奥戈尔维小姐。加入他们的还有特里·厄普舍尔,他没戴帽子,头发稀薄。有时我坐在他后面,看起来他结实的脖子上,脉搏跳动得似乎十分混乱。我记得特里的父亲:老厄普舍尔先生脾气暴躁,因为耳聋,说话特别大声;他的烟嗓——他的矿工嗓门——发出一种灼热的嘎吱声,仿佛一块伤疤在说话。在《尼西亚信经》中,他用奇怪的发音方式念"使徒"这个词,重读第二个音节而不是第三个音节,结果扰乱了所有人的阵脚,像一个跛腿的抬棺人。这倒是不难,因为去教堂的信徒本就寥寥无几……

现在,我问你,这些人又犯了什么罪?什么罪?他们跪下,吟诵他们的忏悔——"我们犯了无知的罪,犯了软弱的罪,犯了明知故犯的罪"——但自从上周日的屈膝赦免之后,他们中的任何一人在这一周又做了什么?势利,恶意,对别村走路慢了点的游客狂按汽车喇叭,欲壑难填,与姐妹为她能来待多久而争吵,因为店老板四年前说过的话怀恨在心,每天打烊都故意不把门关严实。但这一切不过是日常生活的种子,从一个人吹向另一个人。这是生命之粮,不完美也没关系。我清楚记得,我第一次产生了一个奇怪的念头,那就是如果这些人不相信这个上帝,他们从一开始就不用祈求他的原谅。当时我才十三岁。一切都物是人非。这是非凡的解脱。一开始很可怕——然后就完全放松下来,因为无论我是否认为上帝存在,我离开教堂之后依然会吃着周日午餐(牛肉、猪肉、羊肉),看雨点落在花园里。

最终,我认定了大多数人都不快乐,我很快

乐，我是快乐的，但在茫茫宇宙中，我小小的个人的快乐是微不足道的。不，每个灵魂深处都是一钵泪水，水位在一生中不断上升。对某些人来说，它不会溢出，所以你几乎察觉不到它的存在。其他人则被悲伤淹没。但你也不能说谁是真的快乐，如果有，这种感觉也转瞬即逝，光芒会渐渐暗淡。不快乐的感觉则更强烈，更清晰，也更持久。

第十四章

当然,我现在没那么狂热了。青少年时期是一个专注自我的可怕时期,我生命中的这段日子,就像坐着飞机低空掠过陆地的那一刻,阳光明媚,屋顶、汽车、湖泊时不时发出耀眼的光芒,很难不认为它们的闪耀是因为你正从上空飞过,是你让它们闪耀,它们是在为你闪耀。当然,这一切跟你从上空飞过其实毫不相干,不是吗?在我的青春期,最随意的事情似乎都隐藏着秘密的信息,仿佛只为我存在。我对上帝的思考即是如此。

在我的少年时期,有一天,我试着和父亲谈论关于罪恶和痛苦的事情。彼得一如既往,轻松回避了这个问题。

"当然,"我说,"原罪仅仅……只是一个不公平的想法？罪恶的代价即死亡，所有这些恶毒的威胁。"

"是的，的确不公平，汤米，奥古斯丁在什么地方说过，每个孩子都继承了父母交媾的罪过。这样的'不公平'你怎么看？"我立刻意识到"不公平"是个错误的词，一个幼稚的词，父亲点醒了我。

"那你为什么同意我呢？"我不安地问。

"原罪并不比其他东西更不公平，不是吗？遗传就无法做到公平。我遗传了我祖父的秃顶和我父亲的高血压，很可能明天就一命呜呼，这就是不公平。或者我的出生就是不公平的。但并不意味这是不真实的。"

"但为什么，"我锲而不舍，因为依然迷茫——就像在学校里跑步，其他运动员纷纷在赛道上超过我——"如果上帝创造了世界，为什么要让不公平存在呢？你总说他就是爱，爱不会不公平，不是吗？"

"哦天哪。你很忧郁。'那监牢的阴影会慢慢将少年人围拢'，是不是？为什么存在任何事物？别告诉我你不想存在于世界上，汤米！还是你整天闭门不出读贝克特先生的书？"

彼得稍稍转向我母亲，爽朗地说道，"事实上，罪恶的代价的确是死亡，我可以清楚地说明这一点。前几天我知道了一件事。大约六个世纪之前，一些杜伦的贵族想谋杀拒绝与他们同流合污的主教，因此他们雇了两个恶棍，真正的彼列①之子，来做这件事。你知道这两个杀人犯得到的报酬是什么吗？他们得以保留死去的主教那身华服！我突然想到这就是一个字面意义上的例子，说明罪的代价就是死亡。这些家伙的报酬就是那具尸体付的！我以后说不定能用到这个故事。"他笑着轻轻拍了拍我的手。我把目光移向了别处。

那些日子里，我觉得受到了父亲的禁锢。啊，他如此笃定地认为我会"见到光明"。但如果我把窗帘都拉上，不就见不到了！你看，谎言就是从这里开始的。我本能地隐藏我自己，隐藏我对上帝的想法。显而易见，为了保护真相，谎言是必要的，正如用衣服来遮住身体的真相。如果父母问我是否向上帝祈祷，我会说是，我觉得在这件事上撒谎让我重新获得了我私人的真相。

---

① 即撒旦。

我开始认为真相只属于我自己，几乎可以想象它在我的卧室里，由一扇紧锁的门守护着。我的谎言拯救了我的真相。一开始我只是防御性撒谎，并且只为掩饰我缺乏宗教信仰的事实。但说真的，一旦开了头，就有太多的真相需要保护，而几乎没有足够的谎言来掩饰它们。我喜欢和马克斯一起抽烟，显然我有必要告诉我的父母我不喜欢；而且有必要告诉他们我讨厌烟草，吸一口就想吐。我和马克斯从他父母那里偷红酒和杜松子酒，也是一样的道理。

也是大约这个时候，我父母的朋友，帕利泽教士私下里问我在为准备普通水平考试学些什么。我把科目告诉了他，还加了一门我从未学过的希腊语。这是全新的情况，无缘无故的谎言。我感到一阵欣喜若狂。这是最纯粹的谎言，因为尚在有真相需要保护之前，我就已经预料到了真相所需要的，即对真相的保护。这是一种面向真相的骑士精神！你先发制人，向敌人撒谎，这样就无须被迫撒谎。

我撒谎时感受到的奇异的狂喜，是一种自由的狂喜。在说谎的那一刻，我变得不可知，也无需负责。困难在于我总是被诱惑去冒更大的风险，因为真相不是无底洞，谎言才是。有天晚上我在卧室醒来，想要撒尿。但我几乎懒得起身去洗手间。可惜房间里没有便桶，我想。看到床头柜上放着一个玻璃杯，里面有半杯水，我喝完水，然后灵机一动，直接一泡尿撒进去。杯子里盛满了我温热的废液。明智的做法是马上把杯子倒进马桶，或者藏在床底下。相反，我小心翼翼地把它放回床头柜，因为我知道早上母亲——有时是父亲——会走进我的房间，拉开窗帘，祝我早上好。通常早晨，母亲会和我一起享受片刻温馨的天伦之乐，她会肆意在房间里走动，捡起脏衣服、水杯和茶杯，慈爱地抱怨我把房间弄得乱糟糟的，告诉我她和"爹地"已经吃过早饭了，不过我可以慢慢来。但父亲就不一样了，当他来叫醒我的时候，他会站在门口，问："有兴趣吗？"这是暗示我该睡眼惺忪地说"有"的时候了。这时他会播报他剃须时从小晶体管收音机里听来的新闻标题："今日更多罢工。火车停开。"他在战争爆发前的军训中养成了这个习惯。上士过去常常以军官食堂里听到的伦敦最新消息叫醒士兵们。父亲喜欢讲教皇去世那天的故事，以及上士宣布消息后，如何走向房间里还在蒙头大睡的唯一一个天主教士兵,用极其同情的口吻说,"抱歉,奥布莱恩。"然后大步走了出去。

我知道父亲永远都不会注意到那个杯子,但我母亲会站在桌子旁边,我把它放在那儿,是希望她能看到。我看着她,当着她的面否认它看起来很像某种东西,表示完全不知道这东西的来龙去脉,这对我而言是多么大的快乐啊。但她没有注意到杯子,一连四天都没有注意到——我每晚都故技重施——然后我实在感到无聊,结束了这个游戏。

第十五章

和罗杰见面已经过去两个星期了。好的一周接着坏的一周。在好的一周里,罗杰邀请我去参加他的音乐晚会,我的博士论文有了一些进展,《不信之书》也写得十分顺手,越来越少想念简和我已故的父亲。然后一切都崩塌了。首先当然是我在罗杰家见到了简,这让我崩溃了好几天。我不能责怪简;是我埋伏了她。事实上,我能去罗杰家实属胆子够大。我满脑子都在幻想重归于好的画面。当我在芬奇利路的公寓里洗了澡,洗了头发,抹了层过期防晒霜,好让皮肤看起来亮晶晶的,我才意识到自己多么充满希望。我从来没有保持非常干净的习惯,眼下更加没有动力。简会命令我洗澡,并向我保证,如果文明世界的其他人知道我有多脏,一定会用惊恐的眼神看我。不过只有在我们关系刚刚开始时,那次我告诉她我既不喜欢泡澡也不喜欢淋浴,她才会那样做;换言之,只有当我告诉她我没洗澡,她才觉得我不干净,而事实上并非如此。因为我不臭;我从来都不臭。那些高度文明的生物,每天洗得那么干净彻底——他们到底在洗什么呢?他们的腿和肚子会出汗?我几乎从不出汗(除了撒谎的时候),而且我发现快速冲洗一下身体就足够保持好几天干净了。可以说,清洗不是很哲学的行为。我的《不信之书》中写了几条关于清洗的内容。普罗提诺喜欢按摩而不是洗澡。圣杰罗姆认为那些沐浴过圣水的人不需要洗澡。事实上,不洗澡而保持干净的秘诀只有一个:每天换内衣。拿破仑的士兵们每逢战斗前都会换上干净的内衣——他们希望能干干净净地迎接造物主带来的死亡——这是对的,尽管我进行了世俗化的调整。

不管怎样,当我出现在卡姆登的罗杰家时,整个人容光焕发。简已经在那儿了。我看见她在厨房里,背对着我。陌生人在闲逛,其中一人向我介绍,他叫约书亚·史密瑟斯,是一位作曲家。他看起来很怪异,整个身体有种暴力感,头发好像是从自己脑袋上扯下来——或者从别人的脑袋上扯下来——再粗暴地装了回去;它们直直地指向四面八方,向世界宣战。和罗杰一样,约书亚语速也很快,一边说话一边甩着胳膊。他挡住了我去厨房的路,开始跟我说他是多么不喜欢爵士乐。"完全是骗人的。"也许他以为我是个爵士乐手。然后他郑重其事地告诉我,"二十世纪最伟大的作曲家是写出《在英国乡间花园》的珀西·格兰杰。我环顾四周,简正在和马克斯以及他的女友菲奥娜·雷蒙德聊天,仍然背对着我。我觉得受到了冒犯。她肯定知道我站在这里。为了避开约书亚的独家关注,我问他是否认识简。她听到有人叫她名字,转过身来,直视着我。我惭愧地说,在她面前我成了傻瓜。那双黑眼睛让我无地自容。我意识到自己脸红了,全身都在发烫。我开始计划如何在不引起她怀疑我说谎的情况下,给她留下我已经博士毕业的印象。简亲昵地呼唤我的名字,然后看着我的胸口,说:"汤米,亲爱的,你把什么东西滴在衬衫上了。"她若无其事地拿一块布,在厨房水龙头下蘸了点水,然后走到我身边,按在我左边乳头正上方的那块污渍上。我眼睁睁看着深色的胸毛在浸湿的白衬衫下变得清晰可见。我闻到了她身上熟悉的香水味,一股愤怒油然而生。她怎么敢用这种妻子式的熟络的方式对付我?对她来说这么容易做到?我简直想抓着她纤细、珍贵、才华横溢的手腕,把它们掰碎。但我说出口的却是:"看,没有你我一无是处,哪儿都去不了。"听起来颇自怨自艾。而她回答道,"哦,你没问题的。对了,你很好闻。"

我用了半小时才原谅简的轻佻——原谅她如此轻描淡写。我如此焦虑,而她却如此平静,二者之间差距之大,我不敢细想。这是对我的侮辱。而且为什么马克斯在我第一眼看到他时,没有跟我打招呼?反而菲奥娜走过来问我近来可好,他却溜到一边去喝东西了。自父亲的葬礼之后,马克斯就变得很疏远。

当罗杰和约书亚在唱片机上播放不同音乐的时候,我正缩在房间的一处角落里闷闷不乐。简像往常一样坐在地板上,离音箱很近;我拒绝看她。音乐对我没什么意义,所以我闭上眼睛,思考它到底在我心中激发了什么。罗杰掌控局面,一口乱牙也拦不住他如连珠炮般的语速。尽管他有绝佳的乐感,对早期音乐无所不知,并且也创作和编辑过此类音乐,但我们总是劝他不要把什么事情都和他的合唱团及演出计划表联系在一起。约书亚想放一些伯格①的曲子,当他正翻找唱片的时候,罗杰说:"唔……伯格恐怕对我们没好处吧,他是周年纪念日贫困户。"

鸦雀无声。

"合唱团。对我们没好处。"

"这个怪词叫什么?"马克斯问。

"周年纪念日贫困户。"罗杰答道。

"好的,然后呢?"

"你不明白,是吧?简也不懂?好吧,伯格——事实上还有迈克尔·普雷托里乌斯——两人都在五十岁就去世了。所以每个世纪伯格只有两个周年纪念日。而巴赫"——罗杰激动得口沫横飞——"每个世纪能有四个纪念日。"

"我还是不明白,"马克斯说,"麻烦你再重新组织一下句子。"大家哄堂大笑,我想起了我们在青少年时代是如何"哲言哲语"的。

---

① 阿尔班·伯格(1885—1935),表现主义音乐的代表人物,与勋伯格、韦伯恩等开创了"新维也纳派"。他在作曲技法上的探索为整个二十世纪音乐带来了一场革命。

"哦天啊,你还是没听明白,因为你不经营合唱团。你看,这个周年纪念日,就是指此人出生或死亡后每一百年或每五十年,可以举办一次纪念音乐会——打个比方,以五十年为单位的话,出生于1685年,死于1750年的巴赫,就可以在1950年纪念二百年忌辰,在1985年纪念三百年诞辰,在2000年纪念二百五十年忌辰,如果我们愿意的话——我确实愿意的——在2035年还可以纪念三百五十年诞辰,等等等等。但你再看看伯格。他出生于1885年,死于1935年。你可以在1985年纪念他的百年诞辰,但要到2035年才能纪念一百五十年诞辰——这一年还碰巧是他的百年忌辰!这就是我要说的意思,伯格和普雷特里乌斯在一百年里只能纪念两次,五十年的庆祝活动总是与他出生或死亡的百年活动重叠。所以我们就很吃亏啊!这两个人一点都不知道为别人着想。"

"我听着都累。"马克斯说。

"但是你能活到2050年就谢天谢地了,罗杰,还管那么多做什么?"简问道。

"我当然只是说一个概念而已。我就是喜欢在脑子里玩这些小游戏,不是每个人都会这样?"

"还有,"约书亚说,"你的合唱团唱过几次伯格的曲子?"

"这不是重点,不是吗乔希?"罗杰说。

看来约书亚写的音乐似乎从来没人听过;至少在我看来,他提到的曲子都一首比一首离奇:以平行宇宙为背景的民谣,一首弦乐四重奏和尤克里里的作品。他目前的计划是在水族馆上演一出音乐剧,改编自他祖母写的剧本。"奶奶很可爱,也有点疯疯癫癫的,她创造了四个主角:黄貂鱼是坏蛋;鳕鱼是那种神圣的傻瓜,总是自己给自己挖坑;珊瑚是好人;波塞冬是唱和声的。作为文学作品来讲,我认为它写得非常出色——你应该读一读,马克斯,然后写一篇关于它的专栏文章。"当罗杰演奏巴赫赋格曲的时候,约书亚仰面躺在他老旧的地毯上,兴奋地在羽管键琴下面打滚,大吼大叫,"混蛋,混蛋!听听他在干什么,简直随心所欲!"

这让我开心起来,也加入了对话,现在他们已经开始讨论政治了。在被公认为政治问题专家的马克斯面前,每个人都附耳倾听。当他谈到欧盟时,人们鸦雀无声。从前的马克斯,说矿话的马克斯,热爱哲学、形而上学和神学,懂得把政治讨论的枯燥乏味保持得恰到好处。但随着他越来越成功,用他母亲的话说,越来越像一个"权威",也变得越来越世俗了,至少在报纸上如此。当然了,他的世俗是个噱头,灵感完全来源于书本。记住,马克斯从小就没有电视可看,报纸也不进家门。瑟洛一家从不出门旅行,他们把生活缩减到学术意义上的最低限;精神存在是伟大的文本,生活是小小的注脚。马克斯和我一样,在外省的闭塞小镇读书。我还记得多年前,母亲在杜伦的主桥上见到了科林·瑟洛教授、贝琳达·瑟洛教授和戴眼镜的小马克斯,他们站在那儿,"三个人都在坚定地、理智地吃着冰激凌,谁脸上都没有一丝开心的表情",母亲学着他们的样子,逗得我和父亲哈哈大笑。

"罗杰,"马克斯说,"十年前,英国可是传说中的……欧洲病夫……你知道的,就像十九世纪的土耳其在人们心中的形象。没什么理由。还记得那句老话吗?英国是一个被天然气、石油和渔场包围的煤块儿。我们是一个……富裕的国家,但活得却像个……乞丐。现在不一样了。"至少你是不一样了,我在心里自言自语,马克斯继续说道:

"我们要为此感谢撒切尔,不管你是否同意她所有的……思想。"马克斯现在永远都在写撒切尔夫人的巨大成功。

"哦得了吧,马克斯,她可不是罗斯福,"我说,"她的新政在哪儿?"

"她是个革命者,英国人不喜欢……革命者。"马克斯语气冷淡,仿佛我的问题不值得他回答。

"哦,是吗?"我问,"那赫尔岑和克鲁泡特金又是为什么在英国待了那么久?"

"就我此前对这个问题的思考,因为那是……十九世纪。"再一次,可疑的无动于衷。

"好吧,是你说英国人不喜欢革命者的。"

"我认为撒切尔夫人给这个国家带来了全新的士气,但我不想特别……就此同你争论。"马克斯说。

"谁说我们是在争论?"我微笑着问道。"我只是在给你施加点压力而已。"

"好吧,但……压力在质不在量。"马克斯一边说一边吐出一团巨大的烟雾。他慵懒的样子惹得我火冒三丈。

"这到底是什么意思?"我问。

"意思是当你想谈论……伊壁鸠鲁或上帝或……随便什么也好,我不会给你'施加压力'。"我想他说的"随便什么也好"是指简。

"你不会吗?"

"我不确定你了解我这一点。"

"男孩们,男孩们,别吵了,又吵不出个结果,"菲奥娜·雷蒙德说道,"罗杰想放另一首曲子。"

当我们俩还是青少年的时候,"矿话哲学协会"每周都开一次会,因为马克斯的敦厚和善,我们从未吵过架。我们成立这个协会(马克斯和我是唯二成员)部分是为了对抗我们所称的"神棍",即那些明里暗里鼓吹上帝的成年人。有时,比如帕利泽教士,会公开透明地宣讲。但有时,就像我父母一样,这种教导会更谨慎,更微妙,更含糊其词——但却因其蛇一样的蜿蜒滑行而更加有力。毕竟,达菲先生是怎么教我们写文章来着?他站在全班同学面前,对我们吼道:"孩子们,你们的文章开头就要一鸣惊人。参考培根关于花园的文章,开头就是,'万能的主首先造了一个花园',让我们试着模仿他。"

但我想:"他"是谁?我们是要模仿培根,

还是模仿上帝？我开始相信达菲先生在试图暗中把上帝的概念放进我的脑子里。马克斯也同意我的想法。所以我们建立了我自己的小社团，尽量坦率地讨论无神论、不道德和堕落。我们在朝圣小路那棵橡树后面碰头，带着香烟、我们能搞到的酒，还有一个劣质盒式录音机，当齐柏林飞艇（被科林·瑟洛斥责为"撒旦"）和平克·弗洛伊德的声音飘进耳朵，我们从玩具一样的低保真喇叭里听出了迷幻的深度。亲爱的马克斯，矿话马克斯。那晚在罗杰的公寓里，矿话马克斯似乎完全消失了。

我走近他，把他拉到一边。"刚才他妈的是怎么回事？"我问。

"你别反应过度。我……可以对你刻薄，你知道的。"

"我不该被你如此对待。"我说。我心想：就冲你和简的事情，也应该是我对你刻薄。

"汤姆，你难道还不停止……自怨自艾吗？"

"你也来这一套？你们两个联手对付我？我应该把我的书名改成《反汤姆之书》。"

"我站在你这边——不，不对，这怎么成了个……站队的问题？你用这种词……太荒谬了。

这根本不是谁站在谁一边的问题。无论简对你有什么愤怒，都不是我的愤怒。"

"哈，所以你的确对我有一些愤怒。"我说。

"我只希望你不要窝在那个一居室里闷闷不乐，什么也不做——满身……焦油，然后在一大包……羽毛里打滚。"

"你对此根本一无所知。而且这么长时间以来，是你一直告诉我要继续读博士，再投入六个月，再投入一年，宁可不惜一切代价也要拿到它。"

"汤姆，看在上帝的分上，振作起来。你父亲死了。你不是跟我说过好几次，你觉得彼得一直……很在意你的博士学位？"

"是的，我说过。"

"所以，你现在应该感觉放松点了。完成博士学位，或者如果完不成，那就去写《不信之书》，带着……自由的感觉，新生的感觉去写。"

我受不了马克斯给我"忠告"，当他补充说既然彼得已经死了，我就不应该再把《不信之书》看作我自己的小秘密，我自己的"私罪"——这是他的话——我被深深地冒犯了，他还没说完，我就走开了。"你就当个小孩子吧！"

我听见他在我身后说。

我坐在简身边的地毯上。"你没有理由对他这么刻薄,你知道,"简低头看着两个膝盖之间的地方,说道,"你不会在怪他吧?你还在对那件事耿耿于怀吗?"

"不,不。我原谅他——至少在那件事上。"我说。

"听着不像。听起来你们对彼此都很生气。"

"我原谅马克斯了。听着,他爱上了你,我同情他。"

"你没什么可原谅的,"简说,"就像我在圣诞节对你说的,好好地,仔细地看看菲奥娜。马克斯有女朋友。他对我没有兴趣。"

"好吧,那么他应该原谅我,"我说,"不管我做了什么——到底是什么?我对马克斯做了什么?"

"我想马克斯对你生气的原因和我是一样的——为你在葬礼上的表现。"

"你知道,我父亲当时刚刚去世。这有那么难理解吗?"

但简兀自陷入了沉思。

"还有你在教堂的演讲中提到了我们的婚姻。

你提到了我们。那次可怕的演讲。哦,汤米,太可怕了。"

"对不起。对不起。但是你的表现呢?你承诺的考察期呢?从七月底开始你只见过我三次,整整三次。现在都十月了!"

我感到绝望使我显得愚蠢和情绪化,责难使我显得软弱和虚张声势。

"简,我知道你要办一次盛大的音乐会,罗杰告诉我了。"

"你又在责怪音乐妨碍了我们之间的关系吗?"

"不,我说真的,不是在阴阳怪气。罗杰说这可能是有史以来最大的一次音乐会。我会去的,你知道,为你加油打气。如果你希望我去的话。"我感到眼泪在眼眶里打转,垂下了头,"简妮,我对一切都很抱歉。我知道自己有多没用,我知道和我在一起生活有多糟糕,但我好像没法自己振作起来,好像没有办法。"我搂紧她,感觉到她身体的温暖。简说:

"你还好吗,汤米?你知道我们都很关心你。"这句话就像瞬间蒸发的雨滴。

"哦,太好了,很高兴知道你们都很关心

我。"我太过苦哈哈地说。

"你又不高兴了。"

"你也完全没在体谅我的痛苦。"

"这儿不是适合谈——这些的地方。"

我们又继续掰扯了一会儿,这个晚上算是毁了。我的乐观情绪也荡然无存,更别提防晒霜了!就在约书亚·史密瑟斯开始在罗杰面前为门德尔松的一些不知名作品辩护时,我离开了公寓,沿着阿德莱德路走向了嘈杂的瑞士屋。

第十六章

好像简和马克斯对我的惩罚还不够似的,第二天,我的银行卡因为账户透支被取款机吞了。我没脸向卡尔叔叔借钱,又得还菲利普·泽利的贷款,所以那天下午我买了一份《标准晚报》,并回复了一则招聘电话销售员的广告。他们希望我第二天一早就去哈特菲尔德报到。

我鬼使神差地选了一本汽车杂志,他们的玻璃大厦在车站附近。我们一群人在前台等着,一个自称罗布的中年人接待了我们。他身材魁梧,腿又短又结实,外套很紧,前襟像在朝后背端正敬礼,绷成了一个男性气质的裙撑。罗布解释说,我们要打电话给在另一家杂志或报纸上登过汽车销售广告的人,问他们是否有所斩获,如果没有,就说服他们在这份杂志上重新刊登广告。

他把我们领到楼上的销售室,一个巨大的没有窗户的办公间,里面坐满了正在频频点头的人——因为所有人都在打电话,说话的时候脑袋自然上下摇晃个不停。办公室里所有的噪声都有一种普遍的、骄傲的乏味,当我听到这可怕的背景声,我把自己的星盘感谢了个遍,感谢命运让我得以避免这样的苦役——这么多年来,我就是《诗篇》第81篇所说的"使你的手放下筐子"。我们被带到光秃秃的塑料桌前,接过一份印着电话号码、姓名和车型的名单,被告知"加油干吧"。每次成功销售,或"拿下",我们就要举手告知。房间里每隔一分钟左右就有一只手高高举起,胖胖的罗布从前面的椅子上站起来,迈着日本人短促的小碎步走到黑板前,修改累计数字——我猜是当天的广告销售总额。

我在两小时内赚了27镑,还不赖,但是除了感到有点羞辱外,我还不得不硬着头皮穿过房间去上洗手间,这种恐慌甚至比工作本身都糟糕得多。简单地说,当我要走去洗手间的时候,我发现自己腿都迈不开。桌子都面对我,我不得不逆着人们的视线前行,感觉所有目光都转向了我,尽管理智告诉我,房间里没人对我的来去有丝毫兴趣。

青春期的恐怖感立刻回来了。我清楚地记得那一刻,在我十四岁的时候,自我意识开始觉醒。我参加学校集会迟到了,不得不在几百个男孩女孩的注视下走进大厅。我第一次意识到被人盯着会那么尴尬,双腿开始僵硬,坐到座位上时,整个人紧张得都快散架了。我该试着表现得旁若无人,还是看上去知道自己在被人注视?

我现在可以一笑了之,可这件事对自我意识造成了多么大的冲击,几乎让我重生。那天早晨以后,每当我参加集会,我就觉得每个人都在看我;在我的想象中,他们甚至能听到我的吞咽声,所以我试着控制自己不咽唾沫。我的喉咙因此变得极度干燥,压力重重,唯一吞口水而不被人听见的方法就是咳嗽一下。(后来的咳嗽艺术的前身。)几个月来,我似乎变得毫无个性,除了每日戴上的人格面具。写到这里,我想起了《诗篇》中的一句话:"若不是耶和华建造房屋,建造的人就枉然劳力。"但我写下这句话的同时,也不情愿地想起了耶稣对尼哥底母说的话:"人若不重生,就不能见神的国。"好吧,这种痛苦就是我的重生。我开始对在公共场合发言焦虑不安；当一位老师要求我大声朗读课文时，我咬碎了钢笔，弄得满嘴墨水，然后从教室里跑出去，像是赶着擦嘴。我的鼻子似乎越来越大了；或者更确切地说，我的鼻子看起来比嘴巴或者下巴成熟得快一些。事实上，这正是青少年的面孔通常的变化方式，每个部分成长的速度不等，有时就像毕加索笔下拉长的头像。但我被吓坏了。有一段时间，每天晚上，当我对父母说完晚安，就会用胶带和橡皮筋把鼻子绑起来，试图阻止它的生长。

我成了不自觉勃起的受害者。每个人肯定都能看到我裤子上的隆起，就像延时摄影中绽放的花朵一样清晰。现在，作为一个成年人，当我想起那会儿的勃起时，我就想起我的一位老师，给我们班展示古代雕像幻灯片的康纳斯先生。当生殖之神出现时，他的阴茎粗壮地挺伸出来，康纳斯先生选择正视，他深吸一口气，说："注意那肿胀的阴茎。"他肯定事先演练过这句话；当然它没起到什么效果，我们仍然在黑暗中窃笑。我跟简提到过一次，打那之后，康纳斯先生的这句话就成了我和简之间的快乐副歌。在那些早晨，面对男性无法控制的充血，她有时候会说，"注意那肿胀的阴茎!"

绝望之下,我写信给我在母亲订阅的杂志上看到广告的一家美国公司。他们寄给我一盒自我催眠用的录音带,上面承诺这盒录音带会给你"自信"。为此我花光了所有零花钱,还被父母取笑挥霍无度。你要在一个男人安慰的话语中入睡。晚上(我把鼻子贴起来之后),我戴上耳机,把脑袋靠在枕头上,在加州慷慨的海浪声中飘然入睡。不知怎么,那个男人的声音听起来像留着大胡子。非常温和,留着胡子,声音低沉而含混。他告诉我,我是一个"有价值的人",我应该觉得自己很好,只要我整个人自尊自爱,就能顺利进入新生活。很难说这些话对我有什么帮助,因为我总是在两分钟之内睡着。据我所知,这盘录音带也在两分钟之后播放完毕,或者突然变成恶毒的攻击:"你自私,自恋,毫无价值。你要是以为听这盘可悲的美国磁带会有所帮助,最好再想想吧,你这个小东西……"等等!

第二次生命,重生。希腊人应该说:"重生的人不该被称为幸福的人。"我说的不仅仅是非常害羞和明显受过伤害的人,像缪莉尔·斯佩丁的儿子,塞缪尔·斯佩丁,他至今仍住在桑德莎尔，尽管已经五十多岁了。可怜的萨姆·斯佩丁①，马克斯和我小时候常常捉弄他。他害羞到当你打电话问，"是萨姆·斯佩丁吗？"他会非常小声地回答说，"事实上，是的。"仿佛他本人都惊讶于自己的存在。

---

① 萨姆（Sam）即塞缪尔（Samuel）的昵称。

第十七章

这份电话销售工作没挣着什么钱,我还是没有银行卡可用。我不得不在扶手椅的垫子下面搜罗掉落的硬币,只为了凑够钱买一个三明治,简直太狼狈了。在家吃了四天的面包和果酱之后,我决定给卡尔叔叔打电话,在他切尔西的家中安排一顿晚餐。我们都对乞讨的流程心知肚明,这不是第一次。

自从我十三岁第一次去切尔西参加卡尔叔叔的婚礼以来,我就深深爱上了这个地方。高高的维多利亚式公寓楼散发出一种童话般的天真感,就像走在衣柜的森林里。从这些建筑中,衣着华丽的女士以惊人的速度进进出出,仿佛她们在里面所做的就是穿上和脱下昂贵的衣服。卡尔的房子就是我想象中所有切尔西房屋的样子:巨大的客厅面向富有的街道，原始朴素的、从未使用过的厨房，二楼有一个可爱的浴室，里面有卷曲的电话线和水管，套着粗印花棉布（天堂鸟图案）的沙发，厚厚的镶边窗帘足以把尸体裹在里面，不可移动的家具，漂亮的旧地毯，有的地方磨损到只剩一缕缕纤维，餐桌上放着沉重的银餐具，斑驳得像在古老的湖中沉睡了百年。

卡尔叔叔很擅长仿效贵族生活。我一直都觉得和他更亲近。首先，我们都有一种妄尊自大的幻觉。他很清楚在我的幻想里，我来自声名显赫的邦汀家族，说得出祖先在宗教改革时期，或至少在反宗教改革时期有何事迹；他也很清楚，由于事实不甚理想，我几乎说不出邦汀家族在工业革命期间的所作所为。（也许是教书吧，据我所知。）第二，因此我们都喜欢好东西——精美的食物、衣服和家具。第三，我们在思想上简直是惺惺相惜——他是一个世俗的犹太教徒，我是一个世俗的基督徒。他通常把我父母的基督教看作一种疯狂，一种公认的、温和的、英国式的疯狂。对他来说，宗教是由牧师、拉比和毛拉们发明的，是一支庞大的国际商队，在世界各地散布战争、仇恨和裁判所。在从事艺术品交易前，他是一名律师，也曾以律师的口吻说过，假如《新约》真的是最后遗嘱，那么它的书写"糟糕得导致了长达两千年的恶性诉讼"，这句话实在太妙了，我把它放进了我的《不信之书》里。

当我十几岁的时候，父亲对我讲述过卡尔的生平。他在1939年来到英国，父母把他送上柏林的火车，他再也没有见过他们，那一年他八岁。在哈维奇，他是被英国父母"判断"和"挑选"的一群犹太儿童之一，在我现在看来，它奇怪地反转了一个公元六世纪的著名故事，讲的是教皇格列高利在罗马发现一群英国奴隶儿童正被出售，他惊异于他们的金发和蓝眼睛，问他们来自哪片土地，然后要求他们将上帝的话语带去这个尚未开化的国家。

卡尔被伦敦一个富有的家庭"选中"了，意想不到的是，他们把他送到一所寄宿学校去接受正规的英式教育。卡尔从不谈论这些早期童年经历，我也不曾问过，但父亲告诉我，卡尔每天早饭后都和其他男孩站在一起，等着拿到他们的父母寄来的信。有六个月时间收到了德国来信，后来就一封也没有了，尽管卡尔依然满怀希望地在早饭后等信，却只能在空等一场后去洗手间偷偷哭泣。这画面一直留在我的脑海里,当我看到卡尔叔叔时,也常常回想起来:我想象这个小男孩,比他金发碧眼的英国同学更闷闷不乐,穿着灰色短裤……然后是校长,热腾腾的早餐,烟斗里刺鼻的烟草味,一个个信封上英国人的姓氏被大声读出:"卡特、沃伯顿、哈尔彻奇、西姆、德鲁里—洛、惠勒、斯卡塞—狄金森",他们每个人都坚定地喊着"是,先生!"然后走上前,接过信,沿着仍然残留着浓重食物气味的走廊离开。

一点也不奇怪,卡尔从学校里逃走了,被接回来,然后又逃走了,最终负责管理难民儿童的慈善机构把他重新安排到约克郡乡村一个没有那么富裕却幸福得多的家庭。这家有三个兄弟和一个妹妹,他们很欢迎他,在大大的花园里同他一起玩耍。这家的父亲是一个沉默寡言的农民——所以即使是战争期间,他们吃得也比别家要好——卡尔总是称呼这家的母亲为"妈咪",她是一个热情健谈的女人,善良但坚定,说话有点前言不搭后语。卡尔确实谈到过在约克郡的这些年,他似乎把这一转折真正算作自己英国生活的开始,他最喜欢用一个例子来说明妈咪的说话方式。他告诉我,战争快结束时,他大约十三四岁的样子,妈咪偶然听到她的一个儿子把德国人叫作"纳粹杂种",所有的孩子包括卡尔,都喜欢模仿英国皇家空军(RAF)和纳粹德国空军(Luftwaffe)之间的打仗游戏,在花园里追来追去,胳膊伸直,嘴里野蛮地喷喷作响,模仿机翼上的机枪射出的子弹声,在一场德国人总是输的比赛中,其中一个男孩喊道:"杀了纳粹杂种!"

妈咪立刻叫停了游戏,让儿子把他说的话重复一遍。他犹豫着重复了,并补充了一句:"现在大家都这么叫他们。"

"好吧,"妈咪说,"也许是,不过在这个家里,只要这还是一个自由国家,就没有人能用这种语言称呼德国人。"

卡尔很喜欢以这个故事来说明英国人的"体面",我听过至少三四遍。故事还没说完,他就会哈哈大笑,因此陌生人常常听不清。

卡尔在学校成绩很好,英语很快就流利起来(尽管说话始终有点书面语气),在 1949 年,由于他的背景被免除了兵役。他上了杜伦大学,一年后遇到了作为一名年轻的神学讲师来到这里的我父亲,也有自己的战争故事可讲。两人成了极为亲密的朋友。我相信在某种程度上，我父亲算是领养了卡尔。彼得当时三十岁，想要一个孩子——母亲有一次暗示我，他们努力了很长时间才生下我——卡尔突然出现了，比彼得·邦汀年轻十一岁，脆弱，对过去黯然神伤。很显然，那些年卡尔几乎是在我家里度过的，直到我的出生。那是教堂附近一栋漂亮的老房子，门口有四级台阶，中间都像马鞍一样陷了下去，一扇红色的大门，镶着伤痕累累的铜条。

顺便说一句，卡尔看上去倒不像个俗人，除了低调而昂贵的着装，微妙的十字绣和严谨的人字形图案和丝线——那种挥霍和奢侈，对质地纹理的讲究，不凑近根本发现不了，这让我想到显微镜下看到的生物。但他的身材却很不匀称：他骨瘦如柴，肩膀很宽，所以尽管他的衣服都很精致，某种程度上却是挂在身上。他皮肤蜡黄，在英俊的眸子下显得更暗沉，眼周附近还有皱纹和微小的沟壑。当我还是个孩子时，我就为卡尔叔叔眼睛下方的暗沟深深着迷；在我的幻想里，那块皮肤似乎沾染了某种锈迹，如果我们忘了用足够厚实的手帕擦眼泪，那么每个人都有可能变得锈迹斑斑。

在切尔西的晚宴上，卡尔穿着一件华丽的、有点扎的粗花呢夹克，就像一件里外反穿的苦行僧衣，还打着一条蓝色数字圆点图案的精致领带。他站在门口，带着一贯冷静、讽刺的神气。在他身后的大厅里站着——简。这是个巨大的冲击，但我竭力不让自己表现出来。

"简，"我说，"又遇到你了！真好。我们可不能养成这种习惯啊。"卡尔虽然慷慨大方，也很喜欢恶作剧，邀请简而不告诉我显然是希望我们重修旧好。卡尔一看到我就笑了起来。

"哦天哪，这胡子可得刮掉，汤姆。你知道你看起来像哈西德派①教徒吗？"我时不时会忘了刮胡子；简了解这一点，因此纠正了卡尔。

"这不是留的胡子，卡尔，是没刮。只能说明汤姆大概用光刮胡刀片了。"她深情地摸了摸我的胡子。她的手温暖而娇弱。她穿着一条我没见过的绿色麂皮短裙，看上去美极了。经历了早前在罗杰家她对我的轻率态度，我变得强硬了一点，把自己武装起来。这一次我不会流露出丝毫软弱，不会让她知道我有多么需要她。我给自己

---

① 虔敬派犹太教徒。

的脸"变"出了一张合适的面具。

事实上,这是一顿愉快的晚餐,除了我一直暗自忐忑,因为一旦晚餐结束,我就得向卡尔借钱了。在餐桌上,我们谈到了我母亲。卡尔很担心她,说他会争取在圣诞节期间探望她。我很不像话地抱怨她总是不停给我打电话。

"但你不能不知道,汤姆,她是因为爱你,为你的未来担忧。仅此而已。就像彼得一样——是的,我知道你和彼得之间也有点问题。也许是一些问题!我多么想念亲爱的彼得啊……莎拉只是想给你最好的,就像所有父母一样。"

我感到无可奈何,忍不住问:"但对我而言,什么才是最好的?我该怎么做?"

简干脆地说:"拜托,汤姆,我们聊过这个话题了。"

"和卡尔叔叔没有。"

"只要你放弃了对崇高思想的可敬追求,"卡尔说,"我很乐意助你一臂之力。但我怀疑你想要的是白天独自在房间里读书,完全不去赚钱,然后毫无疑问,晚上在丽兹酒店吃牡蛎,喝香槟。"

"听着还不赖,"我说,"白天是柏拉图,晚上是亚西比德。"

"你还记得吗，简，我在尼斯过了两年这样的日子？"卡尔说，"我喜欢在城外的一个海滩游泳，每到星期天都去那儿。在参观完教堂后，那些纯洁的、刚从教堂忏悔完的法国老人，穿着深色西装和白衬衫，真正的普罗旺斯人，在回家的路上停下来，色眯眯地盯着那些没穿比基尼上衣的女孩子。即使在星期天，他们也不怎么敬畏上帝。汤姆，你让我想起了那些男人——我一辈子也想不通这是为什么。"

我想要的东西是互相矛盾的吗？事实上，卡尔更符合这个描述，他是相当厉害的女性鉴赏家。我父母谈论"卡尔和女人"的语气常常和谈论杜伦的天气没两样——由他去吧。在著名的伦敦婚礼之后，他又结过两次婚，目前正处于和第三任妻子安东尼娅的分居期间。我很喜欢安东尼娅，想念在卡尔的公寓里见到她的样子。每一次离婚都是因为他无法控制自己不在外面鬼混。

我让简早点离开，免得被她看见我借钱的窘相。在晚餐融洽气氛的推动下，我们温馨地一致同意"再聚一次"。我们像共进午餐的熟人一样交谈，这令人厌恶的把戏。"我会给你打电话的。"简说，一边吻了吻我。

卡尔和我在他的客厅里喝白兰地。在大理石壁炉的上方，一幅保罗·克利的精美画作俯瞰着我们。

"她不会给我打电话的。"

"对于这种经历，你还太年轻，明白吗？"卡尔说。

我困惑地看着他。

"分居，离婚，前妻们。来自专业人士的忠告。"

"今晚你邀请简过来，真的非常贴心，谢谢。吓我一大跳。"我摇着头说。

"克劳塞维茨①最重要的原则。出其不意是一切胜仗的基础。"

"我不觉得这会有用，即使是婚姻这么小的战场。我该赢回她的心，可她不愿见我。"

"条件是什么？"卡尔像律师一样问道，一副实事求是、见怪不怪的样子。

"哦，还是老一套。我必须成为一个更好的人，等等。"

---

① 普鲁士军事理论家，著有《战争论》。

我紧张地笑了笑。我不想告诉卡尔关于撒谎的事,这是造成我们分居真正的起因。我不能失去他对我的尊重。

"好吧,汤米,我会尽我所能。我会劝她的。"

"谢谢你。"

"我所做的只不过是报答你而已。"他温柔地说,眼里闪烁着柔情。

"哦,那个。"

我的确非常喜欢安东尼娅,也深爱卡尔,所以当我父母传来那个耳熟的消息——"卡尔叔叔的婚姻又泡汤了"——我尽了最大可能说服安东尼娅相信他是个多么好的人。1988年夏天的大部分时候,我和她坐在伦敦各处的公园长凳上谈论卡尔排山倒海的"性需求"。我不知道安东尼娅把这件事告诉了他。

"如我所说,我将尽我所能。"

我稍微把话题转向了我在芬奇利路的一居室。我说,我想请他来吃晚饭,只是我住的地方实在太糟糕了。我又不能继续住在简的公寓里。现在我们又回到了熟悉的领域。我们都知道规则,并且遵循规则。这地方有多糟糕?卡尔问。

我尽量说得美化了一点儿，好让我看上去高尚而隐忍，和乞丐正相反。这时，卡尔说，"好了，汤米，别对我隐瞒。如果这地方不适合居住，你随时可以搬回这里。我早已向你母亲保证了这一点。"我有点坐立不安，想到卡尔和母亲讨论我的事情，心里五味杂陈，说我不需要和卡尔住在一起，但我是有点担心房租。"你为什么不早说？"卡尔说，于是我们都可以不用再继续讨论下去了。我知道过不了几天，这张支票就会寄到，像一个迷途的念头，与我们昨晚的谈话毫不相干的一丝慷慨。这将是葬礼之后我从卡尔叔叔那儿收到的第三张类似的支票。罪过犯两次，就不觉得是罪了……

第十八章

不过现在,我必须得解释一下去年圣诞节发生的可怕事件,以及简和我是如何走到分居这一步的。自从九月份的探亲之旅后,我直到一年一度的圣诞聚会那天才又回到桑德莎尔。(我母亲总是称"派对"为"聚会",这样听起来没有那么世俗。她严厉而清心寡欲的父母以这个词来称呼所有社交活动,她也改不掉这个习惯。)去年的圣诞聚会很重要,因为我无意中向父亲承认了我是无神论者。

圣诞节那周,我和简一路开车过去。卡尔叔叔三天之后也会来。我们在聚会开始前一小时才到,一进门就发现父母跑来跑去,忙着准备东西。或者更确切地说,是我母亲在跑来跑去。每隔两三分钟她就会走进起居室,但她似乎只是想自言自语地从一个房间挪到另一个房间。父亲自然不会帮手,他阔步走进起居室,站在壁炉边,抽着一支小雪茄,努力模仿妻子皱眉,为了和她相配。每当母亲消失,他就恢复了一贯的轻松自在;只要她一出现在房间里,他就连忙摆出和她一致的表情,仔细端详炉火,仿佛这是他的职责所在。我坐在那儿,饶有兴趣地看了这场表演,他看起来气色很好。

其中一位村民玛丽·瑟蒂斯往房间里探了一下脑袋,彼得立刻正襟危坐,说道,"简,你记得玛丽,对吗?今晚她是我们的水之圣母,所有洗洗涮涮的活儿都交给她了。"然后母亲进来了。

"最亲爱的,别想蒙混过关,"她笑盈盈地说,"你是在这儿找什么丢的东西吗?一个戒指?"

"嗯?"彼得问。

"你好像很关心炉火。你是在壁炉里落了什么东西?"

彼得乖乖跟着莎拉出去,微弱地提议帮忙,然后又回到了起居室。"一切可好?"他问我们两个。

"哦,是的,不过我需要喝一杯。"我说。

"哈！你把伦敦那点风气带到我们这个寒舍派对来了。"父亲说，他的自满立刻让我烦躁起来。

"怎么说？"

"你通过了我的测试。我注意到一个社会越是复杂，人们就越倾向于说他们'需要'什么东西，并且总是和他们的实际需求呈反比。而在我们这个寒酸的小村庄里，我们这儿的人只有在真的需要什么东西的时候才会说他们想要。"我被父亲惹恼了。我怀疑他事先准备好了这个观察结果；听起来几乎是背得滚瓜烂熟。我觉得他的观察是一箭双雕：在巧妙地批评我的同时，他还想得到我的认可，想在我面前显得"哲学"——不仅仅是那个该退休的聪明的教区牧师，更是一个"正确心态"的主人。"我们寒酸的小村庄"，为什么要这么讽刺？

"是这样吗？"我语气很重。"好吧，爸爸，如果这能让你看上去更纯洁，我可以告诉你当我走进这间屋子，我只是想要喝上一杯。不过现在，多谢您，我真的需要喝上一杯了。"我说得很冷酷。父亲似乎难过得涨红了脸。

"哦，汤姆——"他说话时我给自己倒了一

大杯苏格兰威士忌，多到仿佛在惩罚我自己。我没有搭理父亲，只问简想喝什么。这时门铃响了，正好给了我离开房间的借口。站在门口的是科林和贝琳达·瑟洛夫妇，一如既往地守时。他们后面出现了苏珊，还有蒂莫西·比芬，当父亲还在大学教书时，他是神学系的年轻同事。蒂莫西快六十岁了，但看上去很孩子气，头发也很浓密。他习惯常年穿着夏装——薄薄的开领衬衫，轻盈的亚麻长裤，透气的鞋子——这使他看起来既浮躁又轻佻，像那种一事无成的花花公子，和他抽象晦涩的学术声誉相当不符。当蒂莫西第一次来到学校时，彼得就很喜欢他，"当时他那完全无法理解的博士论文墨迹还没干"，他曾这样说过。父亲对他很感兴趣，因为他是神学系唯一一个无法确定宗教信仰的人。"我想他没有信仰。他像小狗一样上蹿下跳，根本无法安定。前一天上头，后一天下头。"

我和蒂莫西在一起感到很自在，因为蒂莫西很符合他"众人皆信，独我世俗"的名声，冒天下之大不韪——故意以"残酷"和冷淡的方式探讨宗教问题，好像他并不真正尊重宗教所宣扬的东西。我带着愉快的心情看着他脱下冰冷的外套，露出里面一贯的轻薄衣衫。

母亲出来欢迎大家，然后低声对我说特里·厄普舍尔正坐在厨房里，我应该和简一起去说声圣诞快乐。"就一会儿，这样才礼貌。"

去年九月我回家时没有和特里说上话。在厨房的强光下，他深凹的太阳穴旁似乎长出了稀疏的灰发，粗糙的下巴上冒出白色尖刺。他站在水槽边。

"玛丽洗不了，所以我来洗。她的双手太娇贵了，不能碰水。"他嘲弄地说，声音还是那么高亢颤抖。

"闭嘴，"玛丽说，"你可真会瞎说八道，你这家伙。明明是不请自来，好蹭一顿大餐。"她一边说一边似乎正忙活着给他准备晚餐，把各种食物放在一个餐盘上。

"别听她的，"特里对我说，"她才是瞎说八道。"

在我认识特里的这些年里，我从来没想过他也会有正常人的欲望，他和他失聪的老父亲相濡以沫已经太多个年头。特里可能在追求相貌平平又单身多年的玛丽·瑟提斯，也许这让他们俩都很快乐，但却让我有点莫名沮丧。

我再次介绍了简。她之前见过特里,但她的存在让我感到很不自在。她几乎没有和上流社会以外的阶层打过交道,面对特里,她总是会不自觉地提高音量,好像他是个听不懂英语的外国人。

"你们在这儿待多久?"玛丽问。

"这次就待一周,"我说,"你还好吗,特里?"

"马马虎虎,"他说,"自从我爹死了,我的胳膊总疼,那已经是二十三个月之前了,可汗医生……嗯,就是说,医生认为我的胳膊之所以这么疼,是因为压力太大,他说我应该去度个假。"

"好主意。"我说。

"我可以告诉你,医生自己才应该去度假。咿——想象他干我的活,在牧师花园,或者任何一个花园,他的手软得像鳕鱼肉。压力!我和玛丽说他才应该检查一下自己的脑子。"

"他是有色人种,别忘了。"玛丽在水槽旁补了一句。

"玛丽,亲爱的,"特里不无讽刺地说,"你应该说他是少数族裔,不然他们会闯进门把你从床上抓走。"

"好吧，这也不能让他变得更白啊，不是吗？你觉得如果一个医生不是英国人，他能真的理解我们？他们都没有我们那些药。"

出于某种原因，我既对谈话意外的转折感到不舒服，却又想参与其中，渴望讨他们欢心，我说：

"他们没有我们那些药，但他们有很大的压力！成千上万人整天冲其他人嚷嚷，天气又那么炎热。第三世界，不是吗？"

玛丽咯咯笑起来，特里又大声咕哝着："压力！一听这个词我就烦得够呛。对了，我正在给你爹盖一个棚子，他上周让我弄的，上好的木头。"这时，大门的门铃响了。

"他要搭个棚子干什么？在花园里？我完全没听说。"

"我也不知道。他说他想在那儿放一些书。"

"别傻了，"玛丽说，"放书！"

"事实上，听起来倒像是这么回事。"我说。

"听到没，"特里对玛丽说，"绝对是用来放书的。"

"去吧，别管我们。"

烤箱散发的温度让房间里充满毛茸茸的暖

意。当特里和玛丽在我旁边聊天时,我本想把头靠在桌子上睡一会儿,坠入轻松快乐的童年温柔乡。但我觉得我和简在打扰他们,我们的缺席也会被其他人注意到。我对他们说了再见,玛丽爽朗地回道,"再会啦!"然后我们走回起居室。我们一走进大厅,简就把我拉到一边小声说:"你为什么那么做?"

"做什么?"

"你为什么要撒那种谎去鼓励他们的种族歧视和愚昧无知?"

"我怎么撒谎了?"

"你不是那么想的,所以为什么和他们一唱一和?"

"听着,"我说,"这很复杂,我一直跟他们一唱一和,按你的说法,这是我的生存法则,我就是这样长大的。我需要合群,我需要一点伪装。我很小的时候坐巴士就会用杜伦口音问司机要车票——你知道的,我告诉过你很多次。不然的话我就会被其他人攻击。"我没想到的是,简紧紧地抓住我的胳膊。

"哦汤米,请你不要隐藏自己了,达令——不要对我,也不要对任何人隐藏。"

"我没有隐藏我自己,我就是这样。"我们正在争执的边缘徘徊。

"天啊,我希望不是,"简一边说一边吻了我一下,没有再为难我,"好了,你准备好了吗?"

"是的。"

我们走进起居室,现在里面挤满了人:穆丽尔·斯佩丁来了,诺林顿先生也在,奥格尔维小姐,瑟洛一家,当然还有提姆·比芬,苏珊·佩雷斯-坦普尔和帕利泽教士,还有另外几个人。

他们正在讨论什么事情。主题似乎是城镇与乡村,堕落与质朴。父亲显然又提到了他对"想要"和"需要"的区分。

"当然,伦敦不能再算作英国了,"他带着一贯的自信说道,"它是个欧洲城市,它的堕落也是欧洲大陆式的,也许除了国王十字车站周边——啊,那儿永远都是英格兰。"他噘起嘴唇。

"但乡村和城镇永远都有差别,就像桑德莎尔和杜伦之间,"一个名叫玛丽安·兰斯的女人说道。"每当我去大采购时,感受十分强烈。"

"哦,我指的是传统意义上对乡村和城市的划分——北方和南方,诸如此类。桑德莎尔离伦敦还很遥远,如你所知,玛丽安,我们村有些人到现在都没去过伦敦。"彼得说。

"但是彼得,是有完全合理的经济论据来支持这一点的。"贝琳达·瑟洛说道。

"是的,"玛丽安坚定地说,她没有理会贝琳达,而是继续和彼得较劲,"你不需要去到伦敦才能了解这种堕落。如我所说,只要进入杜伦十英里之内就够了。那个糟糕的巴士车站!"

"别让我开始说那个巴士车站。"苏珊说道。

"好吧,"彼得败下阵来,"也许你是对的,但首都和外省之间差距才是传统划分——嗯,科林?"

但还没等科林开口,玛丽安就说,"这我可不知道。"以轻微受辱的语气,仿佛彼得不断提到伦敦,已经让他本人成了堕落的典型。

当科林开始发言时,蒂莫西·比芬来到我身旁。他悄悄地问,"那个女人是谁?她就像普鲁斯特书里写的厨娘,总把全世界看作眼前这点地方,该死的。"蒂莫西喜欢在说话时夹带脏话,但当他说"该死的""混蛋"或"狗屎"时,他总是犹豫半天,显得对那个词过分在意。

"这可说来话长了。"我说。

"博士读得怎么样了?"

"这个也,说来话长。"我们朝放饮料的推车走去。我可以从蒂莫西敞开的衬衫领口看到他光滑的胸部,那块皮肤就像绷紧的脏布,事实上和他那件灰色的薄衬衫也相差无几。

"坦白说,我欢迎更多堕落——从我们德高望重的神学系开始。"蒂莫西说。

"哦,是吗?"

"那些小混蛋认为只存在某些正当的主题,只能以某些方式来研究——道成肉身,保罗,难解经文,逻各斯等等。我正在申请一项资助,这样我就可以在法国待上几个月,来写我关于皮埃尔·贝尔的书了,每当我提起这件事,他们就冠冕堂皇地'开会讨论',然后砰!我又被拒绝了。他们怎么就看不出,我对该死的《提多书》一点兴趣都没有呢。"他愤愤地说,仿佛在自言自语。

我没有接着讨论蒂莫西的书,相反,我说的话让自己都很意外:"你知道吗,我父亲对你一直评价很高,在我小时候,他总是在我面前称赞你。"

"他真是我的救命恩人,当我刚到这儿的时候,每个人都以为我是个马克思主义者。"

我们都向彼得看去,他正在房间的另一头,

和简以及瑟洛一家说着话。他一只手搭在母亲的肩上，另一只手拿着一杯红酒。他真是一个浑身都散发着暖意的人。他的秃顶好像在发光，我看着他那张圆圆的，干净的脸，还有那双忠诚的耳朵——似乎牢牢地钉在他的脑袋上——光滑饱满的脸颊，那一刻我想，"他会长命百岁。"我突然产生了一种渴望坦诚相见的冲动，我很想对蒂莫西说，"你知道，我父亲不确定你是否信仰上帝。"相反，我说：

"爸爸喜欢你的自由，在信仰问题上……"

"喜欢？"

"唔，他对此很感兴趣，我想。"

"我对此也有点感兴趣，"蒂莫西说，"他感兴趣我一点也不意外；他自己也老谋深算，不是吗？"

我感到莫名绝望，站在蒂莫西身边，看着房间对面我那英俊的，"老谋深算的"父亲。突然间，蒂莫西相信什么和不相信什么，对我来说变得十分重要，同样重要的是他能直截了当，甚至是充满热忱地和我说话。

"你并不老谋深算，对吗？"我焦急地问，"我的意思是，你不会敷衍塞责？对你，也对其他人而言,这都是至关重要的事,可以说性命攸关,对吗?"我感到双手都有点颤抖。蒂莫西惊恐地看了我一眼,然后轻快地说:"哦你知道,就像帕斯卡说的那样——一个人既不可能相信上帝,也不可能不信。"

"但最终还是行不通的,不是吗?我们必须做出决定,不是吗?"我的声音都颤抖了。蒂莫西沉默了一会儿,然后用非常平和冷静的学术腔调说:

"你提出问题的极端性——非此即彼,是或不是,赞成或反对——是假定一个人出于某种确定性,能够知道他相信或不相信。这种确定性,基于某种内在知识——比如信仰——或某种外界影响,比如某种幻象、显灵、神迹,或者像你知道的那些,中世纪所谓上帝存在之'证明'。既然你问了,不论如何,我从来没有那种确定性。我从来没有过什么'幻象',也没有听到上帝在我身体里小声和我说话。当然,形式上的论证,像本体论论证一样,现在看来十分愚蠢,任何正直的学者都不会选择这个领域的研究。所以我想我确实羡慕像纽曼①这样的人，比如他认为当他死后，他会亲眼见到上帝以及他最亲近和最爱的人。另一方面，我不可能对你说，因为缺乏证明或线索，我认为上帝不存在，或'我不相信'——无论'相信'这个词是什么意思。回到纽曼，就连他也哀叹上帝的缺席，'他'在这个世界上的隐身，他说'上帝最高安排的迹象是如此模糊而破碎'。我们都必须忍受这些模糊而破碎的迹象，不像纽曼，正因为迹象的模糊和破碎，我无法转投你那种确定性的语言。我甚至说不出口，因为如果我说出口了，我就是在说谎。"他停下来，看了看房间的另一头，然后看了看我，语气变得柔软许多，"顺便说一句，不知道算不算安慰，你父亲也许没有他看上去那么老谋深算，而是非常传统。我认为他是个坚定的信徒。我相信彼得会说，'我知道我的救赎主活着。'"

蒂莫西的一番自白让我为之动容，当然也被

---

① 约翰·亨利·纽曼（1801—1890），现代英国重要的高等教育思想家，毕业于牛津大学三一学院。他原本是英国国教圣公会成员，后来皈依了天主教。

他出乎意料的善意所感动。我又给自己倒了一大杯酒，然后转向他，背对着一屋子的人，小声但坚定地说：

"我无法不确定！我不相信上帝创造了我们生活的这个世界，如果你问我如何'证明'这个确定性，问我是怎么知道的，我能怎么做，除了让你看看这个世界。这就是证明！一个充斥着恐怖和痛苦的地方，一个无数人毫无意义地度过漫长一生的地方。"

"好吧，可这不是一个证明。世界对你来说也并不恐怖。"蒂莫西的脸上又浮现出那种惊恐的表情。

"对我来说——尚未变得恐怖。几乎没有。"我说。母亲向我们走来，我压低了声音。但她只是经过去厨房。

"蒂莫西，给汤姆设一个博士学位的最后期限，好吗。"她离开房间时留下淡淡的笑容。

"但是我渺小的快乐和不快乐——这些都无关紧要。"我没有理会母亲的玩笑，继续说道。

"是的，可如果你不再以宇宙视角看待地球，而是开始审视自己的生活，你可能会发现你不再那么肯定上帝不存在。你可能会对自己说：'我很健康，快乐，有目标，被人爱。不可否认，我是被某人或某物创造出来的。'这是个不错的开始。顺便问一下，你的无神论到底要如何拯救在非洲忍饥挨饿的人，或罗马尼亚孤儿院里的孩子？"

"但是宗教对他们又有什么帮助？你这么说真让我惊讶。你很清楚，我根本无需证明无神论可以减轻痛苦。我只需要证明，痛苦的存在和上帝的理念是水火不容的，无神论不是一种实践，而是一种原则。"

"或者更确切地说，它是一种信仰。"提姆[①]坏笑道。

"好吧，是信仰，一种对立的信仰。我相信这个世界毁坏了上帝的面貌。我不相信有任何值得崇拜或理解的上帝创造了这个世界。"我说话的同时看了眼父亲，看得出来科林·瑟洛正在给他上课。尽管我对蒂莫西所说的话描述了我和父亲之间的鸿沟，但看到他像我曾经努力的那样坚强地忍受科林，我深深感到同情。

"你的确定让我很感兴趣，"提姆说，"说世

---

① 提姆（Tim）即蒂莫西（Timothy）的昵称。

界是个恐怖的地方是一件事——如果真是这样的话——但说'因此上帝是不存在的'则是另外一件事。我不确定你能跨过这么大的一步。我的意思是，如果你突然生活在没有任何痛苦和折磨的世界里，你会不会对自己说，'这世界如此快乐，所以我相信上帝确实存在'？我不这么认为。从上帝设计出发来论证永远是一个糟糕的想法，不管争论的是信徒还是无神论者，而这正是你在做的。"

"我只是在重复，要么上帝不存在，要么如果他存在，他就不是一个值得崇拜、爱慕甚至理解的造物主。"我说。

"等等，如果他存在，那么他是否值得崇拜、爱慕甚至理解，不是你说了算的。这件事由不得你选择。"

"如果他存在，"我愤怒地继续说道，"那么他就是撒旦。你提到了纽曼，他在什么地方写过，不是吗，'如果上帝存在，因为上帝存在'。"

"是的，《为吾声辩》[①]。"

"我把这句话改一下：'如果上帝不存在，因

---

① 纽曼于1864年发表的作品，旨在为其宗教主张辩护。

为上帝不存在。'换句话说,即便他存在,若我不能信仰他,不愿信仰他——那么对我来说,他就不存在。"

"但是对你来说,他的确存在,"蒂莫西几乎不耐烦地说道,"因为你无法停止谈论'上帝'。你不能说'他不存在',你也不能说'他对我而言不存在'。我也不能说相反的话——我的意思是,我无法知道上帝是否存在。我们都无法知道。你真的能把手放在胸口上说,整个宗教是一个巨大的错误?你能看着我们的大教堂,却只认为这是错的,古老的愚昧无知,一个重大失误?"

我安静了一会儿,喝完了杯子里的酒。我想到永远守护着小镇的大教堂,它内部静谧的空间是一片令人恍惚的灰色,挺拔的圆柱结实粗壮,在触及穹顶处绽放出光芒,长长的空旷的教堂正厅像一块灰色地毯,坚忍的、石头的、永恒的教堂,它有精确的野心。我犹豫了,蒂莫西带着淡淡的胜利的微笑说:

"一座被罗斯金[①]称为世界奇迹之一的建筑,

[①] 约翰·罗斯金(1819—1900),英国艺术评论家,著有《芝麻与百合》《建筑的七盏明灯》等。

一座被中世纪学者比作耶路撒冷的城市。"

"你听起来像马克斯。你记得马克斯·瑟洛吗?"

"当然记得。科林和贝琳达的儿子。我们应该向这位《泰晤士报》的'非理性之声'致敬,对吧?"

"马克斯几个月前对我说的话跟你刚刚说的差不多。说如果宗教具有人的形式,是人的产物,那它就不会错。是的,大教堂崇高而庄严,从某种意义上说,它伴随着我长大。但是你瞧,有许多美丽的创造,美丽的象征,都源自后来被认为是虚假或原始的信仰。我们都崇敬金字塔,但我们不相信伊西斯,也不相信象形文字揭示的原始神学体系,不是吗?或者举个更好的例子,中世纪地图上面记载了海怪和凶残的食人族的信息,但没有人会说这些地图是个错误,虽然我们现在没人认同绘制地图的人的世界观。"

"所以,"蒂莫西很平静,好像刚才听到的是一篇在会议上发表的论文,"归根结底,大教堂是一个美丽的错误,一个宏大的谎言。"

"天啊,当然,如果你非要这么说的话。但是,但是……"

我感觉到有人在我正后方站了大约有半分钟。原来是彼得，他看了我一眼，仿佛我犯了滔天大罪，然后打起精神，故作轻松地说：

"我实在不想打断你们关于建筑的讨论，但莎拉让我来告诉大家，晚餐已经准备好了。"于是我们移步穿过大厅，走进餐厅，在跳动的烛火映照下，屋里显得生机盎然。

那天晚上剩下的时间里，我脑海里一直浮现出父亲恳求的眼神，闪烁着貌似悲伤的光芒。我从未见他用如此奇怪的恳求的眼神看过我。我不知道他听到了多少，但最后几分钟的谈话算是我对他有史以来最坦诚的一次自白。要知道，只要对方不是我的父亲，我都可以开诚布公地谈论这个话题。我沉迷于神学讨论，最喜欢的莫过于关于上帝的争论。我认为世俗主义者的职责就在于改变人们的宗教信仰，把旗帜牢牢地插在敌方地盘上。我想成为一个十九世纪思想家所说的"理性运动员"。但在某种程度上，父亲总是让我觉得自己肥胖气短，因为他自己是理性运动员，同时又是信仰卫士。所以我们从未有过类似的讨论。

派对接近尾声时，我得以脱身，回到厨房。

我听到玛丽在餐具室里弄得叮当乱响,特里一动不动地坐在厨房的桌子旁看报纸。我打破了他的清净。我口齿不清,感觉自己喝得很醉。

"特里,你相信上帝吗?抱歉……"

"喂,小心点——"

"我和提姆·比芬畅所欲言,还有我父亲。"

"这得稍微看情况啊,不是吗?"

"看情况,看什么情况?"

"就是看情况。小心点,我要是开始回答你这问题可就上当了。"

"我相信。"我脱口而出,谎言几乎在我嘴里泛起了泡沫。

"唔,但这对我爹没什么用,是不是?他知道他完蛋了。"忽然间,特里听起来很痛苦。

"是什么,什么没用?"

"别说了,我不想惹麻烦。"

母亲走了进来。"亲爱的,最后的客人也要走了。你好,特里,晚餐觉得如何?"我跟着她出去向客人们道别。我们站在大厅里。

"一年又过去了,"父亲说,"我说,"他淘气地悄悄补充了一句,"我想特里对玛丽眼馋得不行。"

"他能在厨房待上好几个小时,玛丽像喂猫一样给他吃三文鱼,"母亲笑着说,"不过玛丽好像不是那么热情。"

第十九章

父亲去世前的那个圣诞节,过得多么奇怪。先是聚会,然后是我在平安夜的糟糕表现……

平安夜那天早上还不错。简和我去见了马克斯,他只回家待上两天。我们都很好奇,想见见与他一同北上的新女友,这是他单身两年后交的第一个女朋友。马克斯在电话里告诉过我她的情况。"她叫……菲奥娜·雷蒙德。长话短说——她比我们年长十岁。她写过……漫画小说,现在在拍纪录片。我是在《泰晤士报》的一个派对上遇到她的。她才从罗马尼亚回来。你会喜欢她的。"

尽管离家已久的儿子好不容易回来,瑟洛夫妇似乎还是在各自的书房里孜孜不倦地埋头工作。马克斯打开大门,书房的门又熟悉地开启了一丝门缝,就像《西区故事》里的一出闹剧,或者代表黎明的假面剧,科林和贝琳达即将登场。当一贯兴高采烈的马克斯被迫和父母同处一室的时候,通常会变得心浮气躁和不负责任。"天哪,我们……快离开这儿吧。"我刚踏上最后一级台阶,他就低声说道,突然我们又变回了小男孩,那些逃学旷课的日子又回到了我的脑海中。

我换上了面对科林和贝琳达时的一贯表情——略带忧郁的,学者式的清醒。我的眼睛半睁半闭,带着审视的目光,嘴巴微微噘起——邦汀家的经典表情——和他们二人握了握手。科林极其痛苦:书房门洞大开,他时不时哀怨地扫上一眼。很明显,他在计算他要为和人类交际而牺牲多少分钟。马克斯向我们介绍了菲奥娜,他是对的,我确实喜欢她;她一头金发,皮肤十分干燥,那些纹路像是书写的痕迹。她有一种吸引人的坦诚,低沉的嗓音让每个人都以为她抽烟。"实际上我真的不抽烟,在马克斯身边,我根本不需要自己抽。"

我们逃离了科林和贝琳达,在清冽的寒风中开车上了去沃恩府邸的路,那从前是米林顿太太的房子,现在是来自纽卡斯尔的奸商菲利普·泽利心爱的住所。天气很冷,一片死寂,仿佛圣诞节在为自己的来临有所保留。目光所及之处死气沉沉;小房子的灰砖已经褪色,冻得晶莹剔透;尖尖的窗户,一些大门,黑色的人行道,山上流下的新融化的雪水注入河流——都毫无活力。我们经过一个木制的观景台,因为季节的缘故,这里空无一人。几分钟后,我们来到了沃恩府邸。这是一栋巨大的房子,远离公路,不寻常之处在于它使用的是红砖,而非本地石料。一片巨大的、未经修剪的草坪从房子前方一直延伸到清澈、湍急的小河旁,这条小河也是才从山上化冻形成的,很快贯穿了整个桑德莎尔,当它抵达杜伦的时候,河面变得宽阔,泥沙也开始沉积。我们停下车,凝视这一切。我告诉菲奥娜和简,马克斯和我从小就非常喜欢沃恩府邸。

"那些狮子狗——"马克斯说。

"是啊,那些狮子狗,还有它们不同凡响的名字。"

"据说米林顿太太每次都会让留下过夜的客人带一只狮子狗陪他们睡觉,为了挤在一块儿取暖……把小动物当热水袋用。"马克斯说。

"好吧,既然现在泽利可以对这座房子为所

欲为，我想他肯定装了暖气。"

出于一时兴起，我们开车去杜伦吃午饭，在一家非常糟糕的餐馆——正如马克斯所说，"杜伦也没有其他餐馆了"。菲奥娜告诉了我们她的工作。她写了六本漫画小说，因为迷信，每一本都是在她生日当天写完的，一年一本。但她后来决定不写了，原因是自第二本书开始，她的读者对每本新书的评论都是"这不是菲奥娜·雷蒙德最好的小说"。这句话一而再再而三地出现。

"我实在是太厌烦看到'这不是她最好的小说，这不是她最好的小说'了。我简直想在派对上对那些读者大吼：'你倒是告诉我哪本才是我最好的小说啊！'所以只能得出两个结论，"她说话干脆，令人心生好感，"我曾经写过一本书，这本书是我最好的作品——可能是我的第一本书——但我再也无法超越。或者我还没有写过那本最好的书，这就是为什么从来没有人提到书名。有一阵子我相信是后者，这样我才有每天早起的动力。事实证明，哪怕一点点赞扬都会让人感到格外振奋！但慢慢地，哦，我不知道，过了几年，我开始相信前者，并且对这一切感到沮丧。可以想象，未来几十年我的职业生涯会非常惨淡，写啊写啊，每写一本书得到的评价都如出一辙：'这不是她最好的小说。'不过，反正写书对我来说也不是最重要的事情。"

"然后从那时起……"马克斯充满爱意地引导她往下说。

"哦对，从那时起我就开始做另外一件事了——拍纪录片，我算是在写最后一本书的时候无意中入了这一行，那本书是以摩洛哥为背景的，然后我为此拍了一部关于赌博的短片。"

"菲奥娜刚从罗马尼亚回来，她拍了一部了不起的电影，"马克斯说，"关于罗马尼亚孤儿。太可怕了，令人心碎。在西方，没有人了解整个来龙去脉，我们都需要……做些什么来解决这个问题，无论能做什么。"

"我在新闻上看过一些报道。骇人听闻。不过你们不用算上我，"我说，"你的电影肯定拍得棒极了，但我太软弱了，做不了这样的事情。哦不，我简直无法承受。还好我们没有带那部片子，所以不管怎样，我还是免了。"

午饭后，我们带第一次来杜伦的菲奥娜去了大教堂。这雄伟的建筑，黑色石雕的侧翼耸立在我们眼前。当我们穿过大教堂前宽阔的草坪时，我想到很久以前修建这座大教堂的教士和泥瓦匠，他们完全无法预见一个许多或大部分的参观者都不相信上帝的时代。但也许他们确实预见到了那一刻；可这样纯粹的庞然大物的意义何在？除了防止人们坠入对未来的怀疑主义态度？在这里，我们这些二十世纪末的不信上帝的人，仍然对它的恢宏气势感到敬畏，在整个欧洲，这些伟大的宗教建筑存在的时间比上帝还久，像那些业已消失的国家的旗帜一样飘扬在空中。

回到桑德莎尔，我们极力想让马克斯和菲奥娜去牧师住宅吃晚餐，但马克斯说他在家的时间太短，还是回去礼拜堂"一口气……把药吃了"。不过他们吃过晚饭会再来。等我和简回到牧师住宅的时候，卡尔叔叔已经到了。卡尔总是会在圣诞节来住上一周，他的定期来访是我童年的一个标志。我年轻时总是不明白他为何不参加圣诞礼拜。在从前的圣诞节早晨，我总是没精打采地坐在教堂里，周围挤满了村民，一派其乐融融的节日气氛。多么孩子气的期盼和兴奋啊：我喜欢礼拜仪式，但盼望它早点结束，赞美诗赶紧唱到尾声，管风琴的金属音管立刻静止，我暗自催促每一次祈祷，等待着最后神圣的时刻，父亲打开教堂入口沉重的大门，让涌动了整整一上午的阳光尽情洒进教堂的深渊里。在那些日子里我无法想象，世界上竟然有人不过圣诞节。毫无疑问，没有一个孩子不会收到圣诞礼物，没有一个孩子不会在天寒地冻的时候跑回家吃火鸡或烤鹅，烤土豆和抱子甘蓝——这些样子怪趣的、包着破烂头巾的绿叶菜。然而卡尔叔叔不会在教堂里坐在我身边，他从不去教堂庆祝圣诞。当其他人都在教堂的时候，他到底一个人在家做什么呢？

当然现在，作为一个成年人，我是完全赞成卡尔叔叔这么做的。在其他人成群结队走进教堂，模仿两千年前那些容易上当的牧羊人，只因为看见天空中一道亮光闪过就跪下膜拜的时候，我情愿在家无所事事地闲晃，端着圣诞坚果和利口酒大吃大喝。

卡尔每次都开着一辆底盘吱吱作响的红色名爵汽车北上，但这次他开的是新买的蓝色大奔驰，它的双排气管让巨大的引擎轰鸣声变成了虹吸式的颤动。见到他是种享受，但他很快就和他真正的目标对象彼得一起消失了。母亲在厨房做饭，简和父亲以及卡尔在起居室聊天，我借口"写博士论文"，上楼走进我们的卧室。我躺在床上，开始读一本宗教辩护者写的书，这本书让我非常愤怒。它们都是千篇一律。承认邪恶和痛苦的存在，并且认为这样的存在构成了对上帝的善良和力量的挑战——然后，没了。像克尔凯郭尔、西蒙娜·薇依，都在亵渎上帝的边缘战战兢兢，以同样令人不解的方式戛然而止，不再继续探讨他们的观点，像一只在天花板上游荡的蜘蛛，会在某一点停上一两个小时，甚至永远停在那儿。看着这只小虫子，我们会想：你为什么停在那儿？

在正确地描述了一个充满了无意义之苦的世界后，这些思想家断言：好吧，上帝就是爱，除了爱本身和爱的方式之外，上帝没有创造任何东西。因此，苦难亦须是爱的形式。受苦是一种"特权"，啊，是的，就是这样：基督在十字架上的形象，就是上帝之爱的形象。所以，上帝也在受苦。他在十字架上受苦。他和我们一起受苦。

躺在床上，我看到尽管才下午四点，可外面天已经黑了。桑德莎尔可怕的岁末，像被塞进了一年的最深处，每天只有定量供应的光线，从早上九点到下午三点——我忘不了那些日子。现在向窗外望去，天下起了雨，我感到一阵悲伤。还有愤怒。十字架，十字架，我们听了多少关于十字架的故事。基督在十字架上同我们一起受苦。十字架是基督教的核心。十字架是痛苦和胜利的象征，是生命和永恒生命的象征。我拒绝十字架，远离十字架！我十字交叉手指，就像德古拉电影中的男主角一样，这样对着十字架，它就会变得衰弱，死去。

不过，我应该告诉你们我是如何让自己蒙羞的。脑子里想着这些问题，以及为了让受苦变得有意义而做出注定失败的、怪诞的努力，然后我睡了。醒来时我看到正在为晚餐换衣服的简。我们下楼，母亲和卡尔在起居室里。我仔细看着卡尔叔叔，深深凝视他那双仿佛生了锈的眼睛，试图想象他如何看待上帝赐予人类的受苦的"特权"。

"汤姆，你有点心不在焉，"母亲说，"麻烦你给你自己和简倒点酒，我要去'弄一弄'，就像我婆婆以前常说的，为了晚餐。卡尔已经有一杯酒了——"

"卡尔永远有一杯酒，"我看着他说，"他在生活中的使命就是实现其他人的秘密愿望：开快车，不必在圣诞节去教堂，可以随心所欲飞去各个欧洲国家的首都。"

"没错,"卡尔说,"但幸运卡尔再幸运,也找不到一个愿意陪伴他三年以上的妻子。对了,彼得还在外面巡视。"

"在平安夜?"

"他带了一些礼物去……韦尔比家,他们是叫这个名字吗?非常贫穷的一家人。"

"你记得他们吗,亲爱的?"我问简。

"是的——韦尔比先生好像掉进过火堆,还是什么。"简是那么傲慢,那一刻听起来像她的母亲,看上去也像,脸庞高高扬起,长鼻子像冷冰冰的探测器;今晚她垂下了一头黑发,在灯光的照射下,像一匹流光溢彩的黑色绸缎。

"事实上,韦尔比不小心把他的耳朵点着了,"我说,"他喝多了,想在床上抽根烟,结果烧到了耳朵。他好几天都没有处理伤口,结果变得很严重。"

"像这样令人愉快的事你还知道多少?"卡尔问。

"不少呢。你知道我的,我收集这些事就像你收集东德和俄国故事一样。韦尔比烧了他的耳朵。当然还有塔特索尔撞倒了一位行人;塞登淹死在河里，又是因为醉酒——他是在结婚三十周年纪念日当晚淹死的，他没有和妻子一起度过，而是在鹿头酒吧喝了一晚上，我一直觉得这个细节相当令人沮丧；路易丝·温特斯因为试图把抓到的松鼠当家养宠物出售而被罚款。我能一直说下去。"

"不过，他们还是上帝的好子民，是吗？"卡尔狡猾地微笑着说。

"哦是的，卡尔，你有什么从'那边'的客户那儿听来的新恐怖故事吗？"卡尔在德国和保加利亚从事艺术品交易，也刚开始在西方代理新的俄罗斯艺术家，那些戈尔巴乔夫先生"开放政策"下的孩子。他喜欢收集"那边"的笑话、逸事和丑闻等等。

"我还真有个特别好的故事，有一天听说的。"卡尔说，但就在那一刻，我父亲走进了起居室，光芒四射，皮肤被寒风刮得微微泛红——但他看上去是那么快乐。他是一个散发出自信和正派之光的人；他脖子上的牧师领白到耀眼，像坠落的光晕一样熠熠生辉。小小水珠从他的秃顶上往下滴。

"一切可好？我回来的正是时候，"他说，

"现在外面真的下起雨了。"

"我算过了,我在这儿过的十四次圣诞节中,只有两次没下雨或下雪。"卡尔说。

"是的,此地雨水多,"彼得说,"但你知道吗,在每场雨中,小小生命都会降临。"他眯起眼睛寻求赞许。他站到壁炉旁,像吉尔伯特和苏利文①歌剧中的警察,背对着炉火,双臂放在身后,双腿伸开站立。"也许简会在晚饭后给我们弹一首小夜曲?亲爱的,就像你在九月份弹得那么动听。"

"哦谢谢,彼得,你这么说真是太贴心了,"简说,"这可能会让我晕头转向,我在平时的生活里可不习惯得到这样的赞美。"

"我的天啊,你丈夫竟然这么不懂欣赏?"卡尔贪婪地望着她。呵,简上一次赞美我又是什么时候?我心想。一个月前,她还在抱怨没有时间练习,尽管她已经在没完没了地练习了。现在,她又抱怨起得不到赞美了。

"我不确定一个人是否应该为练习得到赞

---

① 即英国维多利亚时代幽默剧作家威廉·吉尔伯特与作曲家阿瑟·苏利文。二人合作创作了十四部轻歌剧。

美。"我不讨喜地说。门铃响起了。

"一定是诺林顿，"父亲说，"希望你们别介意，我邀请他也来吃晚餐了，他一个人过圣诞节。牧师的义务。"这是个坏消息。我父母为什么要这么自私地毁了平安夜晚餐？诺林顿先生——好吧，我并非特别讨厌他。他只是又老又装腔作势，孤独寂寞，口头禅是"无关紧要"，一有机会就要用。他戴着一副极厚的眼镜，还是小男孩的时候，我就对镜片的厚度兴趣浓厚，渴望有一天他能摘下眼镜，流露出眼中软弱的失败和小小的忏悔。我应该为诺林顿先生的孤独感到难过：母亲告诉我，他把那部他最喜欢的电影《相见恨晚》看了得有十八遍。他爱上了女演员西莉亚·约翰逊。

诺林顿进了门，和彼得握了握手，接过他递来的饮料，准确地提出了诉求，"请给我一小杯雪莉酒。"然后坐下来把鞋子严谨地对齐，好像马上准备上床睡觉似的。我去厨房找了一瓶新开的威士忌，回来时，诺林顿正在谈论他最喜欢的话题：家谱。"关键一次是，"他对简说，"1851年的人口普查。能找到很多非常棒的资料。你可以在伦敦的公共档案办公室查到。诺林顿一家最初来自什罗普郡。我没法证明这一点,但我很肯定我们诺林顿家族和卡文迪什伯爵有血缘关系,而且是私生子。"

多年来在桑德莎尔,只要有人在诺林顿先生面前提到英格兰的某个地区,他都会带着一种奇怪的咳嗽般的渴望说:"现在,我在那个郡有很多亲戚……哦是的,萨默塞特"——或任何正在被谈论的地方——"那儿到处都是诺林顿家的人——是的,农民,"——在这里,他会自己纠正——"是农场主,地主。"他坐在那里,一个矮小的男人,被几百年来生活在英国每个角角落落的亲戚团团围住。

母亲走进来,招呼我们落座,在去餐厅的路上,我又想起了刚才楼上卧室里读到的一句话。"我们知道船只在海上失事,但大海还是一样美丽。"那位著名的犹太思想家试图论证美与苦难是息息相关的。自然世界如果没有危险,也就不可能雄伟壮阔;对大自然不可掉以轻心;感受到自由的同时,海难也会发生。当然,很难想象海洋在拥有自身巨大力量的同时,也能保证游泳者、水手或任何人的安全。那么美即自由,而自由即风险?你喜欢游泳,潜入海底?那么你就可能淹死,因为那是入水的自然属性。思想家说的就是这些。

坐在父母的餐桌——那张祖传的旧桌子旁,我好像突然看见了什么,头脑变得分外清晰。这一刻只持续了几秒钟,但在那几秒钟里,我看到了一个新世界:我看到了一片安全的海洋。它酷似真实的海——看,有不知名的海中贫民窟,层层叠叠,无数幽冥生物浑浑噩噩地悬浮在其中,无数种形式的存在!但那只是想象之海,因为那片海是安全。我可以在这片海上航行,哪怕出现一丝暴风雨的威胁,天空都会陡然晴朗,小船继续快乐地航行。我可以在这片海中游泳,在危险来临的第一刻,一只看不见的手就会托起我,把我放在水面上,仿佛这是死海的水面。哦,但我的死海,对人类毫无威胁,你会说这是不可想象的,自然必遵循其必然规律。我想象的那种超自然的干预是不可能发生的。不是吗?但《诗篇》作者告诉我们:那些坐船出海的人,看见了上帝的作为,他命令狂风吹起波浪。福音书告诉我们,基督两次干预了这些规律,一次是在水面上行走,一次是平息了风暴。耶稣杀死了大海,把它变成了死海——在这些神圣的事迹中,大海在变得安全的那一刻,是否也不那么美丽了?所以我把著名思想家的话颠倒一下,变成我的话:如果我们知道船只在海上是安全的话,大海是否也不那么美丽了?

就在那一刻,仅仅在那一刻,我看到了一个世界,在这个世界中,大海没有淹没我们的力量;我看见一个国度,那里的天空是安全的,狂风变得温和,火山不会爆发,谋杀被废止,暴力不复存在,疾病像独角兽一样罕见,那里不再有死亡,不再有悲伤或哭泣,不再有更多的痛苦。在这个国度,我们将得到美而非灰烬,得到喜乐之油而非哀伤,得到赞美的衣裳而非沉重的灵魂。居住在这个仁慈的世界上的人不是人类,不是我们所认知的人类。他们不会是自由的,不是我们所认知的自由。尤其是他们不能自由地受苦;那里没有希特勒,没有暴君——但也没有骗子,没有花言巧语的无赖,没有蠢人,没有无伤大雅的欺诈,没有难辞其咎的狡猾政客,因为所有这些人都会造成这样或那样的痛苦。毫无疑问,这是一个黯淡的国度,人类沦为仁慈的囚犯,不自由的机器人。但我没有责任去决定在哪个世界生活更愉快——是受苦的自由的世界,还是没有苦难的不自由的世界,不是吗?我的责任根本不是在这两个世界中做出选择。我的责任只是作为一个哲学家,作为一个人,一个成年人,作为托马斯·邦汀,想象这个世界,仅仅通过想象来证明,我们现在生活的世界不需要被塑造成它原来的样子。如果我能想象出这样一个世界,上帝曾经想象的世界有多宏大?

不要告诉我,在我想象的快乐王国里,那些仁慈的囚犯并不快乐,因为他们不自由。因为我一直在描述的国度就是天堂——那里如果存在海洋,就是绝对安全的海洋,那里的风是永远温柔的风,那里没有痛苦,大概也没有自由,并且"不再有死亡,也不再有悲哀、哭号、疼痛"。谁敢说天堂不是一个好的或"美丽"的地方呢?天堂是我们所需要的一切证据,证明上帝爱他仁慈的囚犯,证明上帝本可以在地球上创造一个不同的世界。上帝本可以在地球上创造天堂!那么,上帝为什么要在天堂之前创造一个人间呢?为什么要先进行错误的彩排,而不是直接创造完美本身?

父亲的声音打断了我的浮想联翩,我发现他在念饭前祷告,我应该冲面前的盘子低头才是。

"耶和华啊,我们感谢你,以及你一切的恩赐。"关于第一道菜是什么,我记得的不多,只记得卡尔和我父亲一直在交头接耳——他们的二人世界,我想。这并没有太困扰我;但是我替简和我母亲抱不平,因为这样一来,她们就不得不忍受啰唆又乏味的诺林顿先生了。

每当我父亲和卡尔碰到一起,他们就会陷入愉快的回忆,父亲意识到卡尔坎坷童年的"崇高",会狡猾地抬高他自己的道德。在平安夜,他连讲了好几个他在战时军中服役的故事。卡尔非常亲英,鼓励他谈论英国士兵,尤其是古怪的军官。彼得没有夸夸其谈;相反,他谈论其他人的方式仿佛和他毫不相干,仿佛他们分属不同国家的军队,使他感到莫名惊奇。我想,这是一个聪明的策略。这使他能够更加坦然地赞美某些品质,而我们出于公平,会自然把这些美好的品质加诸他身上。

那天晚上,彼得提到了一位英国皇家空军的王牌飞行员。"他叫罗兰还是罗兰兹的。在和德国人最恐怖的一场恶战中,他像羊羔一样冷静,有一次他把自己的喷火式战斗机完美地降落在萨塞克斯郡的一条乡间小路上——这种战斗机,如果我没记错的话,飞行员们过去称之为'真正的纯种马'。"

他当然没记错。

"他真的比其他飞行员都厉害吗?"卡尔问,"我指的是,他消灭的德国人是不是比其他战友更多?"

"不,不是的,"彼得显然很自得其乐,"正是他非凡的冷静使他出名。他一点都没出汗,其他人知道这一点是因为相比之下,他换衣服的频率低得多。"

听上去他像是我的英雄。

"他后来怎么样了?"卡尔问,"你现在是不是要告诉我,他在战后进了议会,成了人们想象中最乏味的保守派后座议员,在委员会里就像在驾驶舱里一样冷静?"卡尔带着他甜美温柔的微笑说。

"哈,卡尔,这是你对英国人的想象,这是你暗自欣赏他们的品质——德国式的循规蹈矩!你希望这可怜的家伙能安分守己、服从命令。"

卡尔的笑容更灿烂了,他的眼睛里闪烁着欢乐的光芒。

"实际情况是,他的飞机被打下来了,德国

人俘虏了他，把他扔进了一个集中营，所幸是和其他英国军官关在一起的。他逃跑过一次，被抓回来了，谢天谢地，他没有再尝试逃跑，因为德国人的坏毛病之一，就是当他们对逃犯失去耐心的时候，就会直接开枪击毙——有时是希特勒下令这么做的。所以一直到战争结束，他都老老实实待在监狱里。他家人做葡萄酒生意，公司名气很大，颇有威望。在监狱里，他通过假想的品酒会来逗其他男孩开心。他们坐在那里，面前放着满满一锡杯的水，必须完美地描述出某种葡萄酒，然后他会告诉他们——当然，在被占领的法国——他们想象中的葡萄酒来自哪个产地。"

母亲，简和诺林顿先生都安静下来，听彼得说他的故事。

"谁救了他，亲爱的？俄国人吗？"莎拉问。

"不，是美国人，我想。这都是我几年前从老比尔·斯特普利那儿听来的消息，卡尔，你在我们杜伦的家里也见过他一次。回答你的问题，在战后罗兰管理了一阵子家族企业——成了一个虔诚的基督徒，做巡回演讲之类的活动，还创办了一个慈善机构。"

我本应对父亲的回忆做出温暖的回应，但我

觉得他不应该公开地在卡尔面前提及德国集中营；我觉得这说明他不在乎自己霸凌别人。他应该对卡尔的痛苦表现出更多尊重。在这件事上，我认为父亲和神学家沆瀣一气，在他们熟悉的象牙塔里批判世界，而不是加入庇护世界的力量中去。他们在决定他人对痛苦的承受能力。这是一种特权！可怕的自负，殉道者的虚荣心，宗教家的傲慢。

果然，诺林顿是个傻瓜——也许他对卡尔的出身一无所知？——现在他想讨论纳粹主义对上帝的不敬，集中营的邪恶，彼得似乎乐于加入对话。我尴尬极了。

"是的，"彼得肯定地说，"二十世纪的两大邪恶引擎，法西斯主义和极权主义，本质上都是无神的，也确实反对有组织的宗教。"

"因为没有上帝，人就可以为所欲为。"诺林顿先生带着浮夸的快乐说道。

"这么说太蠢了，"我呼吸急促，盯着桌布，"因为即使有上帝，一切也发生了，并且一直在发生——哦，让我们看看，十字军东征，处决，血腥战争，叛乱，君主极权主义，弑君，教皇的腐朽堕落，火刑，审讯，各种各样的不道德行为。所有这一切发生时,上帝都在场,那么还有什么是没有得到上帝允许的?"

"纳粹大屠杀和后来的大清洗,"彼得瞥了我一眼,飞快地说道,"这是诺林顿先生的观点。"

"我就是在告诉你,"我说,周围的空气开始变得僵硬而沉默,"诺林顿先生的观点很蠢,我很惊讶你没有看出来,爸爸。早在启蒙运动时期,哲学家和历史学家就在研究世界历史时看到,虔敬与善良之间没有必然联系。事实上,他们中的一些人认为这种联系可能会走向另一个方向,虔敬与残忍之间的联系。吉本就是这么想的。如果你坚持要用大屠杀作为你无神论的典范,我有几个观点:第一,纳粹没有受到德国教会足够强烈的抵抗,或者在大多数情况下,完全没有受到抵抗,当然更不用说基督教本身源远流长的反犹太主义了。第二,如果大屠杀是因为无神论泛滥过了头,那么上帝到底在哪儿?他突然之间去了哪里?上帝没有像人们常说的那样'死在奥斯威辛',因为按照这个逻辑,他一定早就死于多少世纪前更为恐怖的那些暴行中。从这个意义上说,大屠杀不是唯一的反例,在神学上也证明不了什么。我真的无法忍受诺林顿先生伪陀思妥耶夫斯基式的论点，这太他妈反经验主义了。"

我没法抬头看餐桌上凝固的空气。我浑身发抖，脑袋低低地垂向盘子。我听见父亲把香烟捻灭在烟灰缸里的声音，蹭得玻璃吱吱作响。

"我一般都同意汤姆的观点，如你们所知，"卡尔永远都在打圆场，"但我认为在这件事情上，我们也许可以说，双方的结论尚未得到证实。如果说虔敬并不指向良好行为，这一点可能是真的，那么不虔敬也很难说就指向良好行为。从二十世纪的证据来看，反宗教势力，即法西斯主义和极权主义的主要组成部分，也没有什么好表现。"

"事实上，信教者的离婚率高于自称无神论者的离婚率，"我语气平和地说，因为卡尔叔叔正在试图挽救气氛，"顺便说一句，诺林顿先生，我为自己的无礼向你表示歉意，这是不可原谅的，我一时情绪激动了。"

"你这会儿有点疲倦了。"简说。

"疲倦？"彼得冷冷地说道，"你到底有什么疲倦的？有什么事情耽误你晚上休息了？你的博士论文？还是伊壁鸠鲁？"

我就是在这时离开餐桌，回到楼上卧室的。现在我只为自己没有得体应对冒犯而感到羞愧。我爸爸从未听我说过这么重的话；这无异于挑衅，而且我现在明白了他是想帮诺林顿先生说话。但那时我义愤填膺。我想我明白了：我的父母从未真正相信过我的能力，从来没有。我父亲认为我不成熟，因为他和我母亲都无法把我当作成年人看待。他们这样想，是因为我还没有写完我那篇愚蠢的论文，这是他们心心念念的事情。我想要是他们知道我同时在做的另一件事，我的《不信之书》，那么他们可能会感到抱歉，然后会感到惊诧，可能会感到震惊，危险，威胁，挑战，这些对他们有好处，会让他们的信念产生一点动摇，他们会视这本书为天才之作，一部充满道德愤慨和思想智慧的作品，用最精微美妙的语言写就。但我父母真正关心的是彼此，我认为——事实上，他们真正感兴趣的是太阳牧师彼得·邦汀，在他的宫廷里，我们都要致以敬意。

在楼上卧室里，我开始写《不信之书》。我现在想，就是在这一刻，在我懵懂的意识里，我正式放弃了博士学位，开始了更为严肃的事业，即谋划一部伟大的神学-哲学论著。当然，除非它成为一部颇有建树的伟大作品，经得起学术上的严格审视，否则我不会让父母知道这件事。在那之前，这本书都是我的秘密。

当然了，现在，父亲永远看不到我的这本书了。

我独自待了很长时间，好几次听见大门打开又关上的声音，门铃也在乱响。终于，简和卡尔叔叔、马克斯以及菲奥娜·雷蒙德一起上了楼。有时候情况会发生古怪的逆转，简和卡尔看起来反而很难为情，好像他们替我承担了这种窘迫，还要为我的不当言行道歉。马克斯说话了，他在笑，尽管我心情糟糕透了，还是觉得他的笑声很有感染力。他摘下眼镜，一边擦一边说：

"啊哦，汤姆，你的圣诞午餐没了。没有……李子布丁，但这就是圣诞节的问题所在。你已经在家多久了？如果像我一样，规定自己每次待上不超过两三天，你就会……安全得多。"

"听着，我很抱歉，"我说，"恐怕你们两个被迫参加了一个彻底了解邦汀家族内部关系的课外班。"

"哦亲爱的，你在胡说八道什么呢？"简说。

"我的意思是，很抱歉你们看到了我的方脑

袋和父亲的圆脑袋较劲的场面。"

卡尔扑哧一笑,说道,"真不知道你的学生如何理解你说的话,他们是不是觉得自己正坐在'谜语大师'的殿堂里?"

"我没有什么学生,卡尔,我是为你感到气愤,"我说,"我父亲说那样的话是完全错误和冷漠的,谈论什么大屠杀、集中营、纳粹、一切的一切,在你的面前,更不用说诺林顿先生了。他对你毫无尊重。"

"汤姆,汤米,亲爱的孩子,彼得和我是那么多年的老朋友!我们认识的时候你还没出生呢。你认为我们从来没有聊过我在德国的童年吗?我们也多次谈论过纳粹主义。彼得拥有最圆融、最敏锐的直觉,他是唯一一个能取笑我是德国人,甚至和我一起开希特勒玩笑的人。老实说,我不认为彼得有什么问题……除了他总是一次又一次跑去医生那里冲洗耳朵,这是他的软肋。但是你挺身捍卫我的荣誉,真是太贴心了。"

"严格来说,我也不是在捍卫你的荣誉,我是在捍卫一种原则。"

"别那么夸张,汤米。"简说。

"最后怎么样了?"我问。

"我们都对诺林顿先生亲切有加，"简说，"你父亲说圣诞节——他是怎么说的，卡尔？圣诞节对交战双方都有某种神奇魔力，他想你们会和好如初。然后马克斯和菲奥娜来了，每个人都开心起来了。"

"所以当我被囚禁在这个塔楼里的时候，你们一直在楼下巴结邦汀夫妇？"我带着悲伤的自嘲问马克斯。

"对，差不多吧。"马克斯说。

"也许我们应该换个地方。你来这儿过圣诞节，我去'礼拜堂'。"

"哦不，"马克斯愉快地说，"我可不希望这种事发生在任何人身上。"

我们听见楼下父亲的声音，然后前门开了又关上。

"彼得和莎拉出门做午夜弥撒了，"马克斯说，"你们可以下楼了，海岸线是安全的。"

我们给自己倒了饮料喝，卡尔问简是否可以弹奏一首他最心爱的曲子，巴赫的咏叹调《羔羊将安然放牧》。她需要挽起她的长发，于是到处找她的松紧发圈。找到后，她把手伸向脑后，胳膊肘冲着我们，好像要投降似的，我看到发圈划过去，倏的一下把头发扎成一束羽毛。她一边摆弄头发，一边扭过脸去，我喜欢这个姿态，因为它给优雅轻盈的动作增添了力量。

我喜欢她演奏这首曲子的方式，她从一堆周边音符中选出了人声旋律，好像演奏这首曲子的手指正在放声歌唱。她的手指以极大的温柔，从周边的流动中挽救了曲调的行进慢板。

我们的对话轻松而愉快。马克斯和我说了村民的轶事，我们提到了一个因勒索杜伦一家公司而入狱的笨贼；提到了有一次我们骑着自行车飞越苏珊·佩雷斯—坦普尔的厨房花园上空；某天晚上我们折磨了可怜的萨姆·斯佩丁，给他打电话，然后挂掉。然后我们提到了马克斯的父母。

"你记得吗，"马克斯兴奋地说，"你跟我爸爸撒谎，说你写了一首诗，被一本文学杂志收录了？我简直……不敢相信，站在你旁边，我都快笑出声了。整个杂志都是你……编造的，而且……他还相信你了。"

"嗯，你父亲一直让我不自在，所以我得在内心深处战胜他，"我说，"他总是用一种特别的方式看我，事实上他现在还是这样，这让我很害怕。你还记得他对我说的第一句话吗？"

"不记得了。"

"他说,'你是个振振有词的小骗子,是不是?'这是他对我说的第一句话。我才十三岁!"

"科林是洞悉人心的天才。"卡尔嘟哝道。

"在他……第二次或第三次见你的时候,"马克斯似乎还在兴奋中,"他让你列出古代世界七大奇迹。"

"没错,太丢脸了,所以我得计划我的复仇。"但我等了好几年才能实施我的计划。看得出来,科林鄙视软弱和无知;显然我必须强大而博学。但是作为一个青少年,我不是天生就行,我只能通过撒谎来伪装。就算是瑟洛教授,也无法比我更了解一个完全虚构的东西。我十六岁开始写诗,并把它们寄给各种诗歌杂志,通常会附信批判发表在这些杂志上的诗歌——我曾在什么地方读到过,吸引编辑注意的方法就是攻击他的选择。

"我已经忘了你爸爸和我是怎么开始讨论诗歌的,但不管怎样,他跟我说,他听你说起我在写诗。他听起来是那么不屑一顾,于是我决定当场发明一本诗歌杂志,然后问他是否听过。我知道他不愿承认自己无知。果然,他说他听过!我说昨天刚收到他们的一封信，通知我有一首诗被接受了。他的脸垮了下来。"

"汤米总是对他撒的谎深感骄傲。"简对菲奥娜说。

"汤姆的道德感……从发育期开始就一直在休假。"马克斯向众人解释道。

"事实上，回忆我写的诗比回忆我的谎言尴尬多了。"我说。我写过充满激情的哲理诗，押韵而悠扬，常常带有朦胧的反神学色彩，同时充满景观描写。我喜欢描述自己走上山丘，从"朝圣者小路"俯瞰整个村庄的情景：

> 看吧，在我脚下，躺着"上帝的城市"。
> 太阳散发出它的激情——
> 明亮的圣体已经转身，但尚未听命，
> 为了我们心中的热血，生命的痛苦更加锋利！

最终，马克斯和菲奥娜穿过马路，回到"礼拜堂"去了，卡尔也回杜伦的酒店了（卡尔总是要一间双人房，我们总是照办），简和我发现整栋房子只剩我们两个，处于一个奇怪的境地。我吻了她，然后我们上楼，由于担心父母随时会回来而快速地做了爱。在我们婚姻的最后一年里，性已经成了一项相当罕见的活动。因为决定试着要孩子，我们之间的性已经从愉悦转向功能。简似乎总是在看她的日历，宣布"接下来的四天是最容易受孕的，本月最佳窗口期"，并且开门见山地告诉我，我们近期应该尽可能多做爱。坦白说，我觉得有点勉强。在过去几个月里，每当我们做爱的时候，总有什么地方出错，我会渐渐心不在焉地陷入自己的思绪，在我看来，我们更像是两个独立的实体在假装结合——和那个老掉牙的笑话没什么两样，说的是一个人走近另一个人说："我喜欢一个人走。"另一个人回答，"我也喜欢，所以我们可以一起走。"从这个意义上说，简和我在一起走得很好。

恰恰是平安夜，外面的雨下个不停，我们温暖而亲密地躺在床上。一想到即将被打扰，欲望就被挑起。我变得柔情蜜意，热烈地亲吻简，她低声说，"不要，达令，不要。"但这只会更让我想要。当她在我身上起伏时，我想起了初恋情人蕾切尔·沃斯。她是马克斯的朋友，也是他在牛津大学的同学，大多数周末我都从伦敦坐巴士去牛津找她。蕾切尔和我都是第一次，彼此都很尴尬。我记得我们赤身裸体坐在地板上，像在海滩上玩耍的两个小孩子，努力找对地方，重复一个游戏，直到突然间，她坐在我身上，我们之间没有一丝缝隙，而我就在她体内。"上帝啊！"蕾切尔的眼睛突然睁大了。我觉得我没办法看她，无法面对如此重大而又如此简单的经验。我想我们当时都在想：这就是成年的开始吗？是这样吗？我们在对方怀里哭了一会儿，然后放上音乐，绕着她冰冷的房间跳舞。她住在玛格达伦学院的宿舍，俯瞰鹿园。鹿群在草地上各自溜达，仿佛正专注忽略对方的存在。

第二十章

我在平安夜做的那件可怕的事情与我和父亲之间的冲突无关,而和简有关。

至少一年来,我一直都在撒一个弥天大谎,现在它开始反噬。我不想生孩子,所以我对简撒了谎。我试图尽量把"本月最佳窗口期"的性生活,推迟到简最不容易受孕的那几天。最近我对生孩子的抵触直接导致了我的不举。我会坚持一阵,然后在高潮来临前一泻如注。自从我们决定"试着要个孩子"之后,情况更加恶劣。当我意识到必须专注于繁殖这件事后,"肿胀的阴茎"就逐渐失去了它的肿胀。

在平安夜,我做了件特别糟糕的事情。出乎我意料的是,我轻易地勃起了,简的热情令我也兴奋起来,坚持了一会儿那种会让老康纳斯先生非常满意的硬度。然而听到简在我之前达到了高潮,我决定保留我的精子,同时也假装达到高潮。之后,简转过身去睡了,毫无疑问她感觉到了两腿之间似乎有一丝似有若无的黏液,她焦虑地问我,"你是射了,对吗?"我低声说,"天啊,是的。"——我感到无地自容。

我羞于如此欺骗她,拒绝给予简想要的东西。但我无论过去还是现在都确定,我不想要孩子。一开始,我的动机很实际:我现在不想要孩子,为什么不尽量推迟这场不可避免的混乱呢?我担心一旦生活中多了一个婴儿,我就无法完成博士论文,我畏惧父亲这个身份带来的约束。

但这不是真正的原因。真正的原因是形而上学的。我有什么权利把一个生命带到这个世界上?创造一个人,好让他在生命的某个时刻,恨不得自己死掉?一个也许会向我——他的父亲——抱怨他从未要求自己被生下来?是的,我们不能要求自己被创造出来;就像闵希豪森男爵拽着自己的辫子从沼泽里爬出来一样。因此,我们不能抱怨父母在这件事上没有征求过我们的意见。但知道这一点并不能改变这一事实,即生活无论多么愉快,都是强加给我们的,不是我们自己要求的——这和惩罚没有什么两样。在我们生活中看起来唯独属于我们的东西，却唯独不属于我们，因为我们在受孕这件事上没有表决权。

无神论者和反宗教哲学家经常认为，虽然生命是没有意义的，我们还是不应该自杀，因为自杀相当于放弃了同生命的判决做出必要的斗争。但我认为这是对生命的过度假设；如果我们无论如何都不占有自己的生命，那么自杀就不算放弃占有。如果生命是无意义的，那么自杀也是无意义的，不这样做的理由是把一个无意义加在另一个无意义上，并不是解决问题的办法，而只是类似于语言的双重否定，一种被阻碍的陈述。既然我们没有要求被创造，我们就永远不可能有足够的自由让自杀来增加任何自由的声望。我们不能自杀——因为我们没有活着；我们不能自由地结束——因为我们没有自由地开始。

我有权把这句话强加给别人吗？显然没有。我有权把我的不快乐传递出去吗？没有。

现在，平安夜的我，在简"最佳窗口期"中间，没有达到高潮，而是故意抑制了射精，并且撒谎掩饰了这一点。

后来我告诉自己，不能再这样下去了。这个谎言不能再继续，因为我不再是它的主人。这个谎言掌控了我，它必须被坦白。

第二十一章

通过沉默忍耐，我总算挨过了圣诞节的庆祝活动。父亲兴高采烈地同我打招呼，好像前一晚什么也没发生过似的。这是他的老把戏，他的情感仿佛普罗米修斯的肝脏，可以一夜之间修复再生。这比单纯的否认还要复杂，我认为；他只是通过假装没有不和来扼杀异见。我任由他驱赶走前一晚的记忆，参加了通常举行的圣诞节活动：人满为患的礼拜仪式（马克斯和菲奥娜来了，还有贝琳达，但科林没来），圣诞午餐，下午三点女王的电视讲话。是的，她也和往常一样，坐在白金汉宫的一间包厢里。她真的不漂亮，女王；她从父亲那里继承了那张宽大的狮子嘴，上唇饱满的唇线，使她看起来像一个皇家动物。通过纯粹的长寿，她正在变成自己家族徽章里的某个纹章动物。为了读发言稿，她戴了一副巨大的方形眼镜，每块镜片都像一个迷你电视屏幕。她烫过的头发有种不自然的街灯色调。她高声谈论英联邦，谈论印度之行，谈论对所有人的善意，并祝"所有信仰的人"度过一个快乐的圣诞——这让我觉得不合逻辑。然后国歌奏响，一个俯拍镜头向人们展示白金汉宫斑驳的屋顶。

"这不会让你不舒服吗？"我看着父母，问道。

"什么？"父亲问。

"她提到了所有信仰，而不是一种信仰？"我看到母亲欲言又止，但彼得插嘴说：

"为什么这会让我们不舒服？"

"唔，因为她的头衔之一就是'信仰的捍卫者'，这个信仰指的是圣公会。她很难捍卫所有信仰吧。事实上，根据定义来看，任何人都无法捍卫'所有信仰'。"

"哦，那些其他信仰能管好自己的事。"父亲和蔼可亲地说，我知道他又在拒绝我的挑战了，我的目的与其说是打击女王，不如说是打击许多互相竞争的信仰。彼得当然不想继续争论下去。看着卡尔和简，他说：

"你知道那个关于天主教徒的老笑话吗？他希望教皇通谕被命名为'Cum grano salis'①，'加一粒盐'？我接受女王的宗教宣言，就是如此，cum grano maximo salis，'加最多的盐'。"他看着我，眼神中带着傲慢的终结意味，并补充了一句："你也应该这么做。"我感到简紧张地按着我的腿，看到母亲低下了头，父亲和我针锋相对时她总是这个态度，我没有再说话。

那天晚上，简和我在卧室大吵一架。我不记得是怎么开始的，不过我记得——我在脑海中能清晰地看到她的样子——她穿着昂贵的天蓝色"杰明街"睡衣（我送给她的礼物），在看一本《柏辽兹回忆录》。我大概是在某一刻指责她不再和我交流了吧。

"你难道不认为情况可能是反过来的吗？"简说。

"不，我不这么认为，"我语气坚决，"你觉得你整天在钢琴前是在做什么？通过振动跟我说话吗？"

"你以为我为什么在钢琴前待那么久？因为

---

① 拉丁文，原意为"一粒盐"，又指保持适度怀疑。

至少钢琴能回应我,至少我还能得到回应。"

"这太不公平了,珍妮①。我多么渴望你走进厨房或者卧室,打断我的阅读,停止该死的练习。每一天我都竖着耳朵盼望音乐能停下来,这样也许你会走下过道。但它从未停止,你总是不停地弹。"

"你说的'该死的练习',对我来说是全部,比生命还重要!"简鄙夷地说,"并且'该死的练习'付了我们的账单。你从来都希望我主动来服侍你,而不是反过来。你永远不会想到我可能在钢琴前感到很孤独,音乐对我来说是一切,除了它不是我的丈夫!你有没有来打断过我,你上一次问我演奏什么曲子是什么时候的事情了?但我就得围在你身边,安抚你的焦虑,和你的家人打交道。我告诉你,是的,你可以读你的博士,是的,你可以继续写你那本关于上帝的胡说八道的蠢书,但你永远也不会完成。"

我一言不发。

"抱歉,汤姆,我不是那个意思。我不能永远帮助你,汤米,我做不到。我也需要你的帮

---

① 珍妮(Jenny)即简(Jane)的昵称。

助,我没办法一个人承担我们两个人的生活,付账单,做家务,挣工资,换卷纸,想你从不想的责任。你在意过我吗?你知道钱是会用完的吗?你上次买东西是什么时候?我指的是生活用品,不是昂贵的鞋子。你知道,我站在洗衣机旁边拿着你的一件衬衫,我想:他为我做了什么?他做了什么?"

我们躺下,我拉起她的手。很长时间,我们都没有说话。我想,如果我向简吐露实情,也许可以修复我们的亲密关系,所以我告诉她,在过去的几个月里,博士论文我几乎只字未动,而是一直在写《不信之书》的笔记。大大出乎我意料的是,也许是因为厌倦了争论,她表现得很有同理心,甚至充满了善意,建议我也许可以把这本书写成一部可以出版的,得到学术好评的作品。我现在回想起这一刻,明白了简是在尽量保护自己不被卷入我的烂摊子。我不能说她已经知道未来会发生的事,她知道她会离开我,但她有自己重要的工作,她不能再允许自己的专注被破坏,所以她不再过分关注我的事情,说她当然"一直都知道"我没有在做我的工作(她几乎肯定是在撒谎,但我没有追究),这对她来说一点也不意外——很明显,她说,我会在我真正想做,或者不得不做的时候,继续写我的论文。

对她而言,这是个聪明的策略,这样我就只能对自己生气,只能对自己失望,而不是让其他人对我感到失望。我只能回答她,我的确很想继续完成我的工作,我必须得完成它,现在是时候了,如果我不能在接下来的几个月内完成,我就干脆放弃博士学位,放弃教书,考虑另外就业。简再次表现得不置可否;这些话她之前都听过。她只是回答说,她相信我,她对我有信心。

她的柔软使我放下了戒备,这一刻我决定和她摊牌,讨论前一天晚上和要孩子的事情。我能告诉她真相吗?我可以吗?我想我是想让简感到抱歉,我想说服她改变心意,或者让她说出她对此其实也有忧虑和怀疑,但我们可以一起解决这个问题。总之就是一些安抚我的话。所以我开始了。

"你担心有孩子吗?"我问她。

"当然担心。"

"你害怕吗?"

"是的,因为不知道我们两个会怎么样。"

"是那种形而上学的恐惧吗?'我们两个'你

指的是我吧。"我说。

"我不知道你说的'形而上学的恐惧'是什么意思。我是指责任让我感到恐惧,也应该让你感到恐惧才对。"

"不,"我坚定地说,"我不恐惧。一个孩子需要的不过是爱,以及远离宗教,一切就都没问题——叔本华如是说。"

"嗯,那你可以让叔本华给婴儿喂奶,给它洗澡,哄它入睡。"

"放心吧,交给我。"我嘲讽道,然后微笑着斜睨了她一眼。

"事实上,我情愿不要。"她也微笑着说道。

现在已经是深夜。雨下了整晚,刚刚才停;卧室窗外反倒一片湿漉漉的静谧。我忽然觉得很疲倦,很虚弱。

"珍妮,我要向你坦白一件事。"简不作声。

"你什么时候不坦白了?"她小声说道。

"我们尝试要孩子,是吧?"

"不,汤姆,如果你记得的话,对此我们有过长时间的讨论。顺便说一句,'尝试要孩子'这种说法有点夸张了。去年一整年,在最佳窗口期,我们一共顺利做爱三次。'尝试不要孩子'

也许是更准确的说法。"

"你觉得这是为什么?"

"汤姆,达令,这就是你要坦白的事情吗?你觉得我蠢到意识不到你为什么不行?我对你相当了解!我知道在所有人当中,会为生孩子感到焦虑的一定是你,也许比焦虑更严重——害怕,犹豫。如果你可以,你会无限推迟所有成年人的重大责任。不幸的是,这是你暂时无法退出的领域之一。"

"所以你早就知道我要说什么了。"

"达令,我不知道你究竟要说什么。"

"想到要把一个孩子带到这个世界上来,我就有种恐惧。"

"哦,拜托你长大吧,汤米。"

"而且我一直在破坏你受孕的努力。"

"你这么说太滑稽了。用破坏来形容一件你无法控制的事情有点夸张了。那昨天晚上怎么说呢?一切都很好。"

"嗯……这就是我想要告诉你的。"

"想告诉我?"简重复了一遍我的话。

"我想告诉你,一切没有很好。"

"汤姆,我完全不明白你在说什么。"简很快地说。

"昨晚没有很好。"我又说了一遍,因为心虚而迟疑着不敢迈出下一步,只能愚蠢地跳重复的舞步。

"怎么会?"简问。

"珍妮,你是在逼我往下说吗?"

"是的,因为我听不懂你在说什么。"

"昨晚我说我射了,那是骗你的。事实上我忍住了,退缩了——"

"但是……但是你为什么要做这种可恶的事情?"

我说不出话来。简慢慢变得僵硬起来,转过身看着我。我背过身去。"哦,汤姆,你不是在说……你不是在说昨晚,你——看着我!所以我问你射了没有,我怀疑的没错?……你到底有什么毛病?"

"我想对你诚实,"我说,"我对要孩子这件事,心里始终有障碍。"我想去抱她,被她甩开了。

"你想对我诚实!你简直让我恶心,"她平静而缓慢地说,"我得离开,我没法待在这里。"

"你没法离开,现在是半夜,而且我们还要

在这里再待两天。"

"我现在就得走,你敢拦我试试,我现在就走。"她跳下床,开始穿衣服,一遍又一遍地说,好像在念咒,"你不存在,你不存在,你不存在。"

"别说这种话!你不能走,"我说,"我该怎么跟我父母交代?"

"我现在就离开这座房子,让我出去,我不认识你,你不存在,你让我恶心。"

她坐在床上,没有刚才那么激动了。"好吧,我现在走不了。今晚就算为你父母留下。不过我明天一定会走。编一个谎话告诉他们,这方面你经验丰富。"简依然坐在床上。

"你为什么一定要走?"片刻沉默后,我问道。

"你的存在让我无法呼吸。"

"好吧,如果这能解释为什么你从九月份开始如此冷酷、古怪地对待我,这说法站不住脚。不能呼吸!这是什么意思?"

"汤姆,你这个傻瓜,你难道看不出来我们这样下去不行吗?天啊,马克斯都能看出来,我自己的丈夫却看不出!"

"马克斯——马克斯?"

"是的,马克斯看出来了。他很同情我,他看得出我被完全忽视了。"

"真新鲜!同情?这他妈是什么意思?他什么时候同情你了?"

"汤姆,"简冲我伸出下巴,"冷静点。没错,如果你想知道的话,我想马克斯爱上我了,尽管他只是非常间接地暗示了这一点。"

"你说他同情你是什么意思?"

"九月份你回来的时候,马克斯和我在伦敦出来喝了一杯。我们聊了点你我之间的事情。仅此而已。我感觉他是个很有同理心的人。仅此而已。"简看到我在瞪着她,又强调了一遍。

"九月,九月。我明白了,现在都说得通了。别告诉我,你也爱上了马克斯。你也同情起他来了?"

"别侮辱我。我可以绝对真实地说——这是你永远做不到的——我自始至终,从来没有发现他有吸引力。如果你昨天注意到菲奥娜的话,你就会知道马克斯现在在谈一段非常快乐的恋爱。"

"天哪,我们为什么还要讨论马克斯!马克斯和我们之间的事情一点关系也没有。"我大吼。

"你声音小一点。我同意你说的,我只是说连你最好的朋友都比你更有洞察力。"

"你为什么会认为马克斯爱上你了?"

"我就是这么认为。某些迹象。九月份他说了些别扭的话,但我不会告诉你他说了什么。我就是有这种感觉。"

"这就意味着,其实你对他也有同感。"

"并没有。如果你非要颠倒黑白,那么我相信你可以证明黑就是白,而你会弹钢琴,我是个哲学家。至少相信我是诚实的。如果我说我没有爱上马克斯,你可不可以尊重我一点,相信我说的话。"

"好吧,"我很勉强,"但你……我在你旁边,你都无法呼吸。"

"一刻都不行,不。你看不出你的谎言让我厌恶至极吗?而且撒这种谎。"她一边说一边冲着床上挥手示意,仿佛"这种谎"在那儿。"我甚至不敢想象你利用这个谎言对我们的婚姻做了什么。你一定是想结束我们的婚姻。只能得出这个结论。你在杀死我们的孩子。"

"我当然没有。别歇斯底里。我无法为自己的行为辩护。我也不知道自己为什么这么做。但至少我在试着对你诚实啊。这你不能否认吧。"

"你现在诚实地坦白了你撒过的谎,就相当于你没有撒过这么恶劣的谎了?我可不这么认为!我对此极为厌恶。我必须一个人待着,至少这段时间我不能和你在一起。我不信任你。你把我的信任扔进了垃圾箱。"

第二天我告诉我父母,简要回伦敦和人碰头,讨论未来可能会举行的音乐会。他们很失望,作为弥补,我说我会在家里多待几天。午饭后,简坐进我们的车,平静地向后倒(她一直是个有条不紊的安全驾驶者)。车子在碎石子路上颠簸着——这是造价高昂的材料,不会留下任何痕迹,也不会保有任何磨损的记忆。

第二十二章

　　我不止多待了几天,而是多待了几个月。我说不出原因。也许是某种古老的本能,内在的预警?事实上,原因是我无处可去。简说不希望我回到伊斯灵顿的公寓,那是她的公寓。她说她需要和我分开。起初,我们每晚都通电话。我为自己撒过的谎向她一再道歉。最伤害我的不是简的愤怒,而是我感觉到她对日常生活中不再有我感到如释重负。我不断想起马克斯,他如何在伊斯灵顿某个酒吧冷静地,慢慢地,耐心地分析我和简的婚姻状况。他们喝完一杯后发生了什么?他对简说了什么"别扭的话"?别扭的情况发生之后,他们又去了哪儿?我们的公寓?内心深处,我知道简说的是实话。她对马克斯不感兴趣,而且马克斯的确正派,不管他怀有多么秘密的感情,都永远不会付诸行动,至少在我婚姻存续期间不会。但是我急需抓住简的把柄,我痛苦地幻想也许她没有跟我说实话,也许他们之间发生的不仅仅是同情地喝了一杯和匆忙的尴尬。就她而言,她说我在平安夜的行为让她受到了"可怕的伤害",而"伤口"需要很长时间才能愈合。

然而,经过两周左右的独处,伦敦似乎让她神清气爽,或者从我怀疑的眼光来看,她的状态似乎随着同我分开而好转起来。她几乎变得开朗乐观。有一天晚上她说:

"天啊汤姆,如果发生战争,你完全派不上用场。"而我嘲讽地说:

"一点用都没有吗?对谁都没用吗?我在战争中会做什么?"

"你会给地下抵抗组织偷面包。你会当个小偷!"

分开一个月后,我们不再定期通话。不和她说话时,我发现自己的心情也轻松多了。我的父母不像她,不会让我为贫穷和挣不到钱而感到内疚。圣诞节一过,卡尔走了之后,《不信之书》取得了不错的进展,我沿着童年的线索继续写。文字和现实的情况一样:没有妻子,我又回到了童年的节奏和依赖感中。我从客房搬回了我从前的卧室,在童年的单人床上睡得很香,糟糕的床垫现在感觉像是最可靠的支撑。早上我躺在床上看书(有一次我听到父亲在楼下抱怨,"太可笑了,就像家里有个久病卧床的人一样"),下午我写书,然后外出散步。晚上我就去"鹿头酒吧"。我喜欢那儿的氛围。酒吧里通常出奇地安静,在冬天,炉子里总有一捧欢快、跳跃的火,空气中似乎弥漫着酒雾,如果冒出一个火花,随时都有可能爆炸。特里·厄普舍尔经常在那里,我很想问他,当他说上帝没有给他父亲带来任何好处的时候,这句话是什么意思,但就连特里在酒吧里也保持着沉默,好像心怀敬畏似的,于是我也顺从了他的沉默。我坐在桌子旁,感觉到手指下被经年累月的油腻打了蜡的木头桌面,看着硬纸板做的啤酒垫被玻璃杯上湿漉漉的水汽浸软,慢慢放弃了自己的完整性——就像酒吧里的其他人一样。德杜姆先生站在他高高的啤酒杆后面,在我成年的眼光看来,现在啤酒杆不再像玩具士兵了,而是雕刻成女体的形状,有细长的脖子,凹陷的腰身和臀部隆起的线条。

有一阵我天天去"鹿头酒吧"度过整个安静

的下午时光，阅读我那些哲学偶像的书，德杜姆先生的黑色拉布拉多犬"大头针"靠在我的腿上打盹。她温柔的长鼻子，永远闭不紧的嘴，好像没缝好似的，靠在我的鞋上。我也融入了父母简单的乡村生活的节奏。早上我听见他们起床——父亲第一个，动作迅速；接着是母亲，有点恍惚；我听到他们吃早餐时杯盘叮叮当当的碰撞声。上午父亲外出"巡视"，然后回来吃午饭，母亲开车去买生活用品，父亲回到书房。简的钢琴把我赶出了她的公寓，现在下午的寂静把我赶出了牧师住宅。那种沉默是可怕的，好像所有人都死了。父亲坐在他的房间里，我坐在我的房间里，我们的相对无言让我不知所措。这种压力让我无法忍受。所以我会在这时候出去散步，喝上一两杯，常常在回家时发现父亲在听埃尔加的音乐，母亲在客厅看书。然后开始了夜晚的缓慢流程。碗和盘子似乎总是一个个出现在餐桌上，在不经意间，晚餐准备好了。饭前，彼得会打开收音机听新闻——我多么清楚地记得他站在收音机旁，右手放在厨房台面上，低下英俊的秃头，凄凉而悲壮，仿佛他正被世界上发生的大事叱责，一根香烟在他垂下的左手上徐徐冒着轻烟。

我不想和他一起抽烟，因为我父母从来不知道我抽烟的事情，我也从来没有勇气告诉他们。在我每次回家期间，我从不抽烟。这一事实总是让马克斯叹为观止。奇怪的是，和他们待在一起时，我都觉得自己不像是一个对他们隐瞒烟瘾的烟民，而更像是一个本来就不吸烟的人。不管出于什么原因，我在家的时候会很快戒掉烟瘾，然而与此同时，对酒精却会上瘾。我父母喝酒相当节制，而这一点也约束了我。尤其是母亲，也许因为她的父母滴酒不沾，她把酒精看作一场酝酿中的革命，只有理性和开明的管理才能遏制。彼得在世的时候，她常常喝上一口，略带焦虑地对他说，"哦，真是美味的葡萄酒，味道好极了！"语气像是在跟敌人妥协一样。彼得要放松一些，但他也从不贪杯，随便喝一杯什么酒他都会醉。

这决定了我在父母面前永远无法尽情喝酒。于是我又回到了"鹿头酒吧"，因为酒吧太贵了，我又决定买一瓶苏格兰威士忌带进卧室喝。这对消磨安静的下午很管用。

有一天，邮局收到了一个从伦敦寄给我的恶毒包裹，简把最新的信用卡账单，银行明细，税务局的信，以及我在大学书店买书的金额高到荒谬的账单统统寄给了我，一张便条写着："我处理不了，现在这是你的问题了。"我欠所有人钱。这些正是我几个月来一直避而不拆的账单。我欠维萨信用卡公司将近800镑，欠银行400镑，欠税务局700镑（原先欠了1000镑，为此我还撒谎说我父亲去世了），还欠大学书店120镑。总共2020镑。但我知道该怎么解决了。菲利普·泽利的新金融服务公司在到处做广告给我这样的人看。广告上说，把你的债务总额加起来，让泽利替你还清，然后帮助你规划每月的轻松还款。我不得不采取行动。泽利这个男人，毫无疑问是一个阴险的家伙。他有宽阔的脸和肥大的鼻子，脸上的皮肤像橘子皮一样坑坑洼洼，透露了你需要知道的一切信息，二十年来我一直在各种场合看到那张脸在盯着我瞧。但我对自己说，也许这家公司不等于这个人。会签一份合同，所有细节都公开透明，如果他解决不了问题，他也不会这么受欢迎吧？我开了父母的车去杜伦，泽利的办公室就在小镇的市场街上。

　　一个讨喜的女职员让我填一张表格。我承认自己欠债，列出了所有我能想到（或编造）的收入来源，包括我从未做过的私人补习教师。女职员离开了，回来时带着一个年长些的女人，她告诉我，除了接管我的债务之外，泽利还会额外借我一笔钱，可以追加到我每月的还款上。她说话带着柔和的杜伦口音。

"我会有点尖锐，就直接问你了——多点钱你能应付得过来吗？"最后一个词 cash，只有北方人才会像她这样发音，把重音"c"念得像煤矿一样硬，把轻音"sh"念得像钢铁一样硬。

"可以，可我能负担你们的条件吗？"

"哦，宝贝儿，所有条件都取决于你是否获得我们的批准。但这张表格，我看不出有什么真正的问题。秘密就在于我们会马上还清你的债务，然后你会在很长一段时间里还清我们的债务，可能要两年多。这样每个月的还款就少很多。"

"你估计每个月我大概要还多少钱？"我不安地问。

"呃，宝贝儿，我也没头绪呢！"

三天后，我卷土重来，知道我的债务计划已经批准通过，我会拿到一张 1000 镑的支票，在两年共 24 个月的时间里，我要每月付给"菲利普·泽利金融有限公司"226 镑。很显然，这就是最最纯粹的高利贷,但它给了我唯一的希望,它把钱直接塞进了我的口袋。

我不想把这些事告诉我父母,但他们偶然发现了简寄来的一些账单,为了减轻他们的恐慌,我告诉他们一切都解决了。当然,当听说我是找了泽利求助之后,他们都吓坏了。

"他是个放高利贷的,汤姆,"我父亲说,"他会把你肠子都掏出来当吊袜带!"

我解释了那些条款。

"你为什么不来找我们呢,最亲爱的?"母亲说,"我们虽然不富有,但是也能帮上忙。去找泽利这样的公司,实在太不堪了。"

"我做梦都没想过找你们要钱。你知道吗,他的公司有成千上万满意的客户,我想是因为泽利这样的人帮助解决了他们的债务。这几乎是日常。"

"哈!几乎是日常!我喜欢这句话。"彼得说。

"哦,汤姆,只有你才会遇到这种事情。"莎拉说。

"不,任何人都会遇到这种事情。"我说。

"是的,但是这发生在你身上,达令。"莎

拉说。

"妈妈,你这话不讲逻辑。"

"她的意思是发生在俄狄浦斯身上的事情,可能发生在任何人身上,但它发生在俄狄浦斯身上,"彼得说,"我们都有俄狄浦斯情结,这点毫无疑问,但只有俄狄浦斯被预言提醒过,他会弑父娶母。"

父亲用他那双大眼睛看着我,微笑似乎在嘴角翩翩起舞,快乐的小小徘徊,我觉得我无法抗拒他,无法不爱他,尽管不喜欢他所说的话。我受到了他的感染。他咧嘴一笑,低头看着地毯。忽然间他笑到浑身发抖,他的脸像一幅刻画日出的木版画一样绽放出光芒。

"亲爱的,很显然每个人都知道,找泽利是个不折不扣的坏消息。"母亲说。

"你只是在读一份和其他人不同的报纸,"父亲说,然后他又笑起来,"哦亲爱的,亲爱的,我不是在嘲笑你,汤米,但你得承认这是你自己找上门的。"

"听着,泽利是个彻头彻尾的骗子,但他也是个彻头彻尾的生意人。合同就在楼上,除非我拖欠还款,否则没人会用棒球棍砸烂我的门,或者骑摩托车向我开枪。"

奇怪的是,我那既世俗又脱俗的父母尽管对泽利评价不高,还是被我说的这番话吓坏了,矢口否认泽利是骗子这个想法。

"泽利是有点可疑,但他并不邪恶。你不要给我们洗脑。"母亲说。

"你说话像个罪犯一样。"父亲说。

"好吧,你们究竟认为泽利是个什么样的人?"我很沮丧。

彼得叹了口气。"呃,这人是有点邪门,我们从前在军队里会说'拿错家伙了',但他肯定不是个罪犯。如果他是,他的生意做不长。"

因此我父母认为泽利是罪犯,但同时又否认他是罪犯;毫无疑问他们也认为我是罪犯,但同时又谴责我像罪犯一样说话。这让我笑了出来。

然后像往常一样,在几个星期的奋笔疾书之后,写作到了瓶颈期。突然我什么也写不出来了,每次我都看着那一纸箱子写不完的博士论文。我有种病了的感觉。所有的不良行为又卷土重来。我懒洋洋地在床上躺到中午,不再刮胡子,对慷慨的父母变得易怒又恶毒。我的父母情绪稳定,充满智慧和基督徒的达观精神,在他们的庇护下，我本该能够放松，变得通情达理。但事情相反，他们的状态越轻松愉快，我越感觉自己受到了责备、折磨、诱惑和挫折。我兴风作浪，只为了证明港口并不安全。我敢肯定，在我和他们一起度过的几个月里，我一定让他们感到了不愉快。他们不再邀请教区居民来参加周日午餐，我渴望回到卧室，这样就可以拿出《不信之书》开始写作，同时灌下一杯威士忌。我绕着威士忌手舞足蹈地跳一圈，告诉自己，只要倒上那么一点琥珀色液体，我就能再写一段。我举起瓶子，感觉到它冰凉的下坠的重量，然后一条金色水渠陡然灌满了整个杯子，散发出刺鼻的芬芳。我想，恰好就是这么多威士忌想出来透透气。

与我母亲多年前从未注意到那杯恶作剧的尿液不同，二月底的时候，她就在我床下找到了那瓶威士忌，并告知了我父亲。有一天，从杜伦回来的路上，彼得在车里出其不意地套了我的话。起初我们似乎很正常地聊天。彼得谈论瑟洛夫妇，以及他们是如何希望马克斯从事学术而不是新闻工作的。

"科林尤其对新闻业不屑一顾，他认为西方世界的衰落就是从 1896 年开始的，"父亲看着我,"你不知道这个年份的意义,对吧?"

"我知道,爸爸,我完全知道,多谢!去年九月份简和我去'礼拜堂'做客的时候,科林问了我一模一样的问题。鉴于他不看报纸,也没有电视,我不知道他有什么权利对新闻发表评论?他是害怕陌生事物的刺激而已,就像……就像一条鱼在评论柠檬。"

"他说因为新闻过分干扰他的生活。对了老兄,你上次刮胡子是什么时候?"

"他又怎么知道?马克斯的父母在现实中看过一分钟电视吗?"

父亲笑起来。"哦,汤米,你的记忆力衰退了。《福尔赛世家》,记得吗?你那会儿几岁来着,六岁还是七岁?BBC的恢宏巨制,感觉比战争持续的时间还长,但各方好评如潮。播出第三或第四集后,科林有点不好意思地暗示,他们系的同事都在热烈讨论这部电视剧,不知道他和贝琳达是否能来和我们一起看?如果你还记得的话,妈咪当时觉得非常好笑,她还模仿科林说话——结合了奥利弗·退斯特和一个想延期交论文的学生的语气:'拜托了先生,能让我看会儿电视吗?'"

父亲开车的方式一辈子都没变过，总是情绪高涨，他像在教堂敲钟那样使劲踩油门，仿佛是为了表现他时不时的活力。我们安静而尴尬。

"能和你还有妈妈在一起真好。"我不自在地说。

"是吗?"父亲很快回答，"为什么这么说?"

"为什么要质疑我说的话?"我问。

"哦汤米，因为你母亲两天前在你的卧室里发现了一瓶几乎喝光的苏格兰威士忌，我这个老派的人会觉得一个独自偷偷喝威士忌的人"——他的声音稍稍提高了一点——"一点也不快乐。"

我们在回桑德莎尔的路上。父亲以要小心开车为由，既不愿，也不能看我。

"如果能安慰到你的话，我要说不是我父母把我逼成这样的。"

"我不像你觉得这件事这么好笑。"

"我只是在陈述事实。难道你没有注意到，简和我似乎正在分居?我想自从我回家以来，已经喝了一些酒了。但一切都是完全可控的。"

"但你母亲和我在圣诞派对时感觉不是这样，"父亲变得悲伤起来，"你从前是个多么快乐的孩子啊。"

"我是吗?"

"你母亲和我都这么觉得。"他有点防御心态。

"哦,我不是在和你抬杠,我只是有点好奇而已。"

"是的,当你还是个宝宝的时候,我们都叫你格里马尔迪①,有时候是格里马尔迪公爵,因为你总是笑嘻嘻的。"我的目光从大腿上抬起,看到父亲的双手放在方向盘上,当我还是个孩子时,那双手显得很大。

"我没有不快乐,"我说得很慢。"而且我显然想读完博士。"

彼得显然因谈话出现转机而如释重负。"很显然,"他又充满了活力,"一旦我们解决了博士这个问题,一切都会水到渠成。多久……多久……你觉得还需要多久?"

"不会很久,爸爸,不会很久。现在进展很快。"

"听到你这么说,我真是太开心了。"

---

① 约瑟夫·格里马尔迪为十八、十九世纪之交英国著名喜剧演员。另外,格里马尔迪也是摩纳哥王室姓氏。

我们经过了托莫尔，桑德莎尔前面的村庄。那是一个阴暗、丑陋的地方，桑德莎尔有多美丽，托莫尔就有多丑陋。母亲过去常常开玩笑说，这两个村庄就像姐妹俩一样，"但托莫尔是永远嫁不出去的那个"。

突然间父亲极为热切地问，"所以你发誓你不是一个酒鬼？我可以诚实地告诉你母亲这一点吗？"

"当然不是了，爸爸，别傻了。"

我们又陷入了沉默。

"但是汤米，你为什么需要喝酒呢？"

"我已经告诉你了，简和我一直在吵架。听着，你和妈妈是永远不会理解这种情况的。对你来说，审视我们的婚姻就像不小心打开了别人家的电费账单，心想，'天哪，这家人可真费电。我真庆幸自己不用开这么大一张支票。'但我们就是那个要付这个吓人的账单的人。"

"你太想当然了，汤姆。我当了三十年教区牧师，你知道，我见过很多人的生活。"他的声音又变得严厉了，他皱着眉头的样子让我想起了他在祖母葬礼上愤怒的脸，我躺在墓地的草地上，他一身黑袍大步向我走来，像一道夜幕。仅仅是回忆起童年的那一刻，我就害怕得发抖。父亲愤怒的脸，大步流星的双腿，向两边掀起的黑袍。那个戴着灰色帽子的司机从另一边赶来，父亲那句奇怪而可怕的话：回到坟墓来。

"既然我们很少这么交流，"他继续说，"既然我们必须坦诚，我得告诉你，你母亲和我很担心你在精神上的迷失。对我来说，藏在床底下的威士忌酒瓶……就是瓶中信，真的！而这信息就是在告诉我，你没有灵魂生活。"

"没有灵魂生活？"

"我无法理解，因为简和我在圣诞节的时候讨论过你，她让我相信，尽管你有不确定和怀疑，但你已经走上了通往上帝和基督的道路。她说她觉得你还在'寻找'，但至少是在正确的道路上寻找。"

简的谎言让我目瞪口呆。我的妻子，这么多年来一直针对我撒谎的事情纠缠不休，却为我的无神论向我父亲撒谎！为了什么？告诉他他想听到的话？好让他安心？或者这更有可能是一种攻击，让我陷入困境的方式。我怀疑简以为她的谎言会迫使我在这样的时刻把真相告诉我父亲。正是因为这个原因，为了不让她强迫我，为了不让我被强迫,并且因为我不想和父亲争论,我决定接受这个谎言。这是在不到一秒钟里做出的决定;可一旦开始,我就必须坚持到底,因为谎言就是这样。

"你听见我和提姆·比芬说话了吗?"我问,"在圣诞派对上?"

"我只听见提姆说话。他似乎没和你达成共识,认为大教堂是个错误。我必须说,这正是我对提姆的怀疑。"

哦,谎言,这些谎言!我不确定父亲现在是否说的是真心话。他听起来有点吞吞吐吐。但如果他说的是真的,那么那天晚上当他一脸沮丧地看着我的时候,我完全误读了他的表情。他是在为提姆·比芬难过,不是为我。

"提姆和我一直在探讨一些老生常谈的基本教义,通往信仰之路上的障碍。"

"邪恶的问题,等等。"父亲说。

"是的,邪恶、痛苦、折磨。这个世界显然不是上帝的世界。"

"哦,孩子,如果亲爱的简没弄错,我很高兴你能找到绕过这些障碍的路。但你可能一辈子信基督教,这些障碍却依然存在。从智性上来说，它们是永远不会消失的。唯一的希望就是信仰。信仰是红色的花朵。"

"我喜欢这句话，"我说，"红色的花朵。"

"我想起了一首曾经熟记的小诗。'我的灵魂，有一个国家，远在星空之上。'哒哒滴，后面的忘记了。长着翅膀的哨兵之类，一切都和天堂有关。'如果你能到那里，那里就会生长出和平之花，永不凋谢的玫瑰，你的堡垒和你的安逸。'等等。我忘了。我觉得可以在我的葬礼上安排人朗读这一首诗。"

我们到家了。晚上，三个透着暖光的窗户就是这栋房子的象征。我们右边就是墓地，永恒黑暗中的居民们不会注意到这一边的夜幕降临。父亲熄了火，但我们谁也没动。他继续直直盯着挡风玻璃，好像还在开车。

"你知道，你出生前不久，我经历了一次信仰危机。很奇怪，这是为什么我成了一名牧师。更确切地说，正是通过离开大学的智性主义，转而投身做一名牧师，我才度过了这个危机。我不知道任何问题的答案，最终我决定过一种基督式的生活，这就是唯一的答案。这也是为什么我对提姆·比芬感兴趣，因为他让我想起了年轻时的自己，最重要的就是不要被神学腐蚀。"

"你怎么会被神学腐蚀？"我真的很好奇。父亲从未告诉我他的思想是怎么形成的。我想象他自始至终都是那种基督徒，因为在我的一生中他都是那种基督徒。

"神学鼓励我认为所有问题都是智性上可解决的，我明白我需要把生命本身看作是上帝交给我的问题。我想你可能会说我有某种异象，尽管我这年纪的英国人不允许承认这种事情。莎拉怀上了你——哦，大概有五六个月了。她正在休息，我独自一人去教堂主持了圣诞颂歌仪式。在仪式的时候我不想站着，我想坐着，即使每个人都站着声嘶力竭地唱那些该死的颂歌。我只想坐下思考，我想解决的不是神学问题，而是人的问题，当时的我满怀喜悦地期待一个孩子的出生。不是上帝的孩子，汤米，是我的孩子！——是你。然而我不确定我是否有足够信心——对上帝的信心，对未来的信心——去成为父亲。我感到自己对上帝的信仰在摇曳，甚至有完全熄灭的危险。我一直对你刚才提到的那些问题抱有怀疑——邪恶、正义、原罪等等。可没有上帝怎么会有这样的世界呢？我无法想象。所以我试着用自己的方式来捍卫上帝。我想出的第一个答案是，如果你把上帝从这个世界上去除，这个世界也不会少一丝忧虑、痛苦、罪恶或未得救。没有上帝，便没有拯救或援助的希望，只有纯粹的痛苦和罪恶。我想出的第二个答案是，从无到有的创造是一种爱的行为。即便创造的是痛苦和邪恶，因为我们不知道邪恶为何存在。我们不知道最大的那盘棋该怎么下，我们无法知道上帝的安排。我们知道邪恶就是邪恶，但我们知道邪恶的存在就是邪恶吗？你明白我的意思吗？换句话说，我们知道邪恶的存在是为了什么吗？我们不知道。这就像我们不知道邪恶的对立面是为什么而存在一样。善良又是为何而存在呢？幸福又是为何而存在呢？我们一点也不知道。但我们知道爱不可能是一种完全不含痛苦的能力。爱不仅仅是善良；爱也是责备、命令、惩罚。你对此一无所知，因为我们从未真正惩罚过你，你这个幸运儿！但如果你有孩子，你就会知道的，汤米，生命就是爱。我们宁愿活着也不愿死，即使生活很痛苦，这就证明了世界上的爱比痛苦更多。"

我坐在那里，对父亲清晰的头脑钦佩不已。但我必须说点什么，我必须不同意。

"生命是爱，还是力量？"我问，"上帝是爱，或仅仅是力量？也许创造也仅仅是对力量的极大的运用，创造的力量。这就是为什么亚里士多德说，公民爱宙斯是很奇怪的。尊重，恐惧，也许憎恨，但不该是爱。谁会热爱力量？"

"但是汤米，宙斯不是我们的上帝。力量不是我们的上帝，爱才是我们的上帝。我们有一位代祷者，他的名字叫主耶稣基督。上帝如此爱——爱这个世界，以至于他让他唯一的儿子死在十字架上。耶稣在十字架上受苦，与我们一同受苦，所以上帝也每一天，每一分每一秒，都在与我们一同受苦。我们受的苦就是我们的爱，我们的手足之情。"

"你还记得吗，"我温柔地说，因为我被打动了，"妈妈说过一件旧事，关于特里的父亲和医生？他总是去找医生开某种药。有一次妈妈去他家里拜访，看到所有的那些药盒都没打开，她问他为什么要囤积这些药，他说这些药片对他一点用都没有，所以他早就不吃了。但他不断回到医生那里，只是因为对他'感到抱歉'！他不想伤害医生的感情。嗯，我想有时候，如果我们也为上帝感到一丝抱歉，也许会让自己好受些。你知道，就像对那位医生一样，如果上帝也像我们一样受苦，那么也许事情并不像看上去那么糟。"

"哦汤姆——简说对了，你确实在寻找？这么多年来你母亲和我都觉得你对此无动于衷，或者厌倦，或者只是沉迷于哲学。你从不对我们提起和基督教有关的事情，你知道，你从未和我们真正讨论过这些问题。"他语气有些嗔怪。

"我从来不是无动于衷，更不是厌倦！听着，我认为简没有说错，我确实在寻找上帝。"我谨慎地说。

"寻找上帝？哦，听你这么说真是太好了。这比你的博士学位重要多了，你知道。"父亲微笑着说。

"好的，爸爸。"

"虽然你的博士学位也极为重要！"

转眼间，这一刻过去了，我们全然出乎意料的、永恒辉煌的亲密和温柔像信风一样到来又离去，掀起一阵小小的风暴，父亲又回到了他活泼、幽默以及大众眼里的样子。

"我们像一对绝望的少年情侣一样，把窗户上弄得全是哈气。"他说。

然后我们走进了屋子。

第二十三章

于是我用谎言封住了父亲的嘴,终结的谎言。最大的谎言。"寻找"上帝,哈?但它奏效了。没有人再提起威士忌酒瓶的事情(母亲把它拿走了)。父母似乎都抛弃了,或者暂时搁置了多年来对我习惯性的担忧,因为我走在信仰基督的道路上。我是一个"寻找者",也正因为此,博士学位忽然变得唾手可得。他们不再念叨我起晚了,或者下午去"鹿头酒吧"。我洗脱了罪名,重获清白。当我走进房间里,父母善良美丽的脸庞会齐齐绽放出笑容。显而易见,父亲已经告诉了母亲我的"新方向"。通过撒谎,我发现了一个伟大的真相:我发现了什么对我父母才是最重要的,什么才是我身上他们最担心的。这跟博士学位完全无关!

接下来的几天在邦汀家典型的待定状态中度过。一切都变了，屋子里充满大赦的气息；然而大家都心知肚明，这个问题经不起继续讨论。它曾有过属于它的时刻，偶然的使命，现在该回到它沉默的地方了，一个没有语言存在的英国的小小公国。从某些方面来说，这正合我意；我并不想重温自己的谎言，最好别再触碰。但突然变得"无辜"却无法言说，也很痛苦。我渴望再次找到父亲在车里对我说话时的庄严，那种因他的纯真无邪而更加甜美的庄严——我永远不会忘记他认真迫切地问，"那么你向我保证你不是酒鬼？"

相反，在我看来，我们都生活在无言的时代。姿态比语言更能说明问题。那些日子里，我记得有一天早上父亲来叫醒我。从我十几岁起他就没这样做过了。他站在门口说，"抱歉，奥布莱恩"——影射他说过的那个老故事。我还记得我的夹克衫挂在大厅的挂衣钩上时，我父母中有人偷偷把一张二十镑的钞票塞进我的衣服口袋里，我敢肯定是这么回事。

我又回到了和童年一模一样的孤独中，在散步时再次注意到周围的世界。冬天即将结束，我卧室窗户上宛如银色蕨类植物的晨霜化为露珠，汇成涓涓细流。地面变得松软，特里开始认真修建父亲的花园小屋，很快就把结构搭好了。（不是为了放书，而是用来存放园艺工具。）一天，德杜姆先生的狗认为酒吧后面的草地已经温暖到可以在里面打滚跳跃了。牧师住宅大门上的黄铜把手失去了寒冷的光泽。环顾四周，乡村正在驶向绿色的彼岸。我在散步时看到了羊群，它们现在正和躺在地上的小羊羔一起出现在田野上，田野的边界线是松散稀疏的干石墙，那是人们自己搭建的哈德良长城。真正的长城在向北一小时的地方，是罗马皇帝哈德良为阻挡苏格兰人的入侵而修建的。

说到德杜姆先生，也就是那个时候，"鹿头酒吧"发生了一件奇怪的事情。我从少年时代就认识德杜姆先生了，也一直都很喜欢他，之前每一次回到桑德莎尔，我都会去酒吧看看，德杜姆先生为了表明我露面之难得，总会在我走进酒吧时说同一句话："咦，早知道你要来的话，我就烤个蛋糕了。"他的语气略带讽刺。总而言之，有一个年轻人西蒙为德杜姆先生工作，他大概只有十七八岁，似乎有点迟钝，像教堂顶上的滴水兽一样愁眉苦脸，一张嘴似乎永远也闭不上，总是呼哧呼哧大声喘气。他是个笨拙但善良的男孩，知道我喜欢的香烟和威士忌的品牌，三不五时地给我偷偷续上一杯苏格兰威士忌。三月份的一个下午，当西蒙把酒递给我时，德杜姆先生从后面走出来，向我打招呼，看着西蒙忙活的样子，然后突然非常尖刻地对他说："闭上你那张该死的嘴。"好像在说他家那只拉布拉多犬一样。西蒙立刻把嘴闭上，但在闭嘴的同时，他的脸瞬间垮了下来，涨得通红。

我为西蒙感到难过又惭愧，并且对德杜姆先生如此当众羞辱这个男孩感到愤怒。我不安地笑了笑，或者咳嗽了一下，然后说，"哦，他干得不错，你知道的。"德杜姆先生愉快地看着我说，"你知道什么，你的嘴又没有张这么大。"我感到无法反驳，德杜姆先生看我不作声，又说道："我早就告诉我们西蒙，如果他想去纽卡斯尔做这行——你知道，酒吧这行——他那张血盆大口会招来不好惹的家伙把拳头塞进去，那可就不妙了。这看起来太蠢了。另外，别以为我没看到他给你续了那么多杯没收钱。这孩子还在试用期呢，所以别为他难过。"

西蒙受到羞辱这件事对我影响太大了。我发

现自己对德杜姆先生满不在乎的残酷感到愤怒至极,决定不再去"鹿头酒吧"。这件事对大部分人来说似乎都很微不足道,但它却像细菌一样在我体内滋生,扰乱了我的睡眠,也扰乱了我断断续续的写作。

第二十四章

我最终还是在四月下旬回到了伦敦,原因是尽管我父母很热情,但我在桑德莎尔什么事也没做成,把空虚留给我自己似乎比强加在父母头上公平些。卡尔说直到简和我重归于好之前,我都可以住在他家,马克斯也表达了同样的意愿(我当然不会。自从简告诉我那件事之后,马克斯就成了有污点的人)。所以,父母挥手目送我回到伦敦。我们去了杜伦巴士站。大教堂注视着我们,我温文尔雅的父母紧紧靠在一起,像一个毛躁的小男孩火急火燎摆放在一起的玩具士兵。父亲一边打趣,"凡是我会做的事情,你都别做。"一边相当正式地握了握我的手。

我几乎无暇顾及他们,因为对搭乘巴士满心"紧张",但又不好意思在父母面前流露出来。我非常不喜欢坐公共汽车,但火车贵得多,泽利借给我的钱得省着点用。在长途大巴旅行中,我总是担心司机会在方向盘上打盹。当这种恐惧紧紧攫住我的时候,我完全无法放松,感到必须让司机保持清醒。所以在去伦敦的旅途中,我使出了一贯的伎俩。我坐在司机正后方的座位上,近到可以看到他的速度表。然后一路上我都在制造各种各样的噪声。我把报纸揉来揉去,并且哗啦啦地翻页。(我注意到那天恰好是马克斯更新专栏的日子。)我无数次咳嗽,在座位上动来动去,用脚敲击地板。除此之外我还一直盯着司机的动静,一旦他稍稍垂下脑袋,我就开始表演各种声效大合奏。

大巴到达伦敦的维多利亚站的时候,我已经筋疲力尽。我给卡尔叔叔打了电话,然后去了他家。卡尔叔叔说,他一点也不奇怪简和我之间有问题。"你们看对方的次数太多了,"他有点古怪地说,"当两个人之间关系出了问题,我总能看出来。很简单——他们总是看着对方说,'好的,达令。不,达令。'但听着,你们现在只是在冷静期,一切都会好的。总之我这里欢迎你,随便你住多久,汤米。最后一个在你床上躺过的人是卢西恩·弗洛伊德早年的一个女朋友。"

两周半后,也是在卡尔叔叔家,母亲打电话告诉了我那个消息。她很冷静。我却开始浑身发热,开始颤抖。电话听筒感觉像某种武器,我想拿来轰掉自己的脑袋。父亲去了教堂,然后就没有回来,母亲发现他脸朝下倒在石板地上。他把牧师领扯开了。布劳恩医生说他是心脏病发作。看得出来母亲已经开始忙于葬礼的烦琐手续,电话通知亲友及处理殡仪馆的账单了。踩上这样一片结实的土地,才能免于被悲伤的泪水淹没。现在不是哭哭啼啼的时候。她的声音沉闷而微弱。当她告诉我葬礼的日期时,卡尔走上楼,探询地停留了一会儿。他冲我微微一笑,我也回以微笑,并挥了挥手。他写了一张纸条递给我:"晚上出门,十二点左右回。"沉重的前门打开了,我听见一辆出租车正等在门外。然后一片沉寂。我告诉母亲卡尔晚上不在家,但我们肯定会第一时间开车回桑德莎尔。

半夜时分,卡尔回到家,面色红润,散发出上流社会的气味。我把这个消息告诉了他,与此同时感到一阵怪异的尴尬。也许是因为我以为他会对我表示同情,但他却悲伤到不能自已。他蜷缩起来，弯下腰，好像被我狠狠打了一拳，他的脑袋冲我顶过来，几乎快顶到我的鼻孔，我闻到了他身上高档酒和雪茄烟的尊贵气息，当他缩起身体时，气味似乎变酸了。"哦，他为什么那么做，为什么？"可怜的卡尔哀号道。我不忍看他如此悲痛欲绝，不忍看他锈迹斑斑的眼睛饱含泪水，于是我和他一起啜泣起来，我们站在他的起居室里，像孩子一样手拉着手，而不是拥抱。

卡尔说他现在的状态不适合开车，于是我把那辆大奔驰往北开上了荒凉的 A1 高速公路。他在我身边睡着了。天气雾蒙蒙的，刺眼的前灯光束为我们切割出一块世界。我们飞快地掠过了长长的铰链卡车，它们呻吟着走在北上路线上。这些车的车身上布满了小小的灯泡，像女明星化妆镜上的那种。当我们经过时，车厢内短暂地闪烁了一下，有种粗犷的魅力。然后它们突然不见了，我们又沉默了。我们经过了哈特菲尔德，格兰瑟姆，唐卡斯特。在约克，黎明迅速来临，就像一件不重要的事情。在杜伦，大教堂似乎正随整个世界一起冉冉升起，随着早晨的到来，接受了光线和瞩目。早餐时分，我们到达了桑德莎尔。

看到我母亲试图装出一副从前那种彬彬有礼的样子——明明表情沉重,却努力挤出微笑,说:"我敢肯定你们两个都想吃点早餐吧。"这让我痛苦。她似乎和卡尔一样沉浸在自己的悲痛中,与人格格不入。她旋即向我讲述了葬礼的情况,关于父亲对赞美诗、祷词和音乐留下的具体指示。我突然想起在我们车里的谈话中,父亲提到了一首他希望在自己葬礼上被人诵读的诗。

"关于一朵红花,或者信仰之花,或者诸如此类的诗。这对你们俩有什么意义吗?"

母亲看我的样子好像我在撒谎,而且是个绊脚石,妨碍正当仪式进行的障碍。

"妈妈,我没有在胡编乱造!爸爸提到了这首诗,说他希望这首诗在葬礼上宣读。我记得他提了一句:'信仰就是红色的花朵。'然后他背诵了他能记得的唯一一句——'如果你能去那里,那里就会长出和平之花',之类的。天啊,我忘了……哦对了!'永不凋谢的玫瑰。'我记得有这句。你听起来耳熟吗?我们得试着找到这首诗。"

但母亲几乎是冷漠地看着我,然后说:"在我们四十多年的婚姻中,他从未对我提起过那首诗,他的指示里也没有提到。"

"但他对我说了,对我。"

卡尔拉着我的袖子。"走吧,汤姆,我们去吃点早餐,然后去殡仪馆。"我领会了这个暗示,岂能不领会?我决定不再追究彼得在我面前提及的这首诗。

我们在吃早餐的时候,母亲打扫了桌子周围的厨房地板。我从未见她有此举动。她似乎一心想让我们尽快离开。"他在那里。"她说了好几次,所以我们狼吞虎咽地吃完,然后来到了"皮克林安息之家"。卡尔说我应该走在前面,然后走进了那个房间,棺材就安放在支架上。

他就在那里。他的鼻子看起来像一艘船的船头,眉毛很坚毅,在柔和的光线下几乎在发光。我意识到我很少看到他睡着的样子:他一直是个清醒的人。他穿着一件我从未见过的蓝色衬衫,领带也没有调整好。但就算是我,也无论如何都调整不好。我吓坏了:他似乎完全活着。他肯定只是在打盹儿。我担心他会随时睁开眼睛看着我说:"汤米,你看到我的香烟了吗?"或者,"一切可好?"或者,"抱歉,奥布莱恩。"我的目光在他身上来回,寻找一个迹象。我敢肯定在某个可怕的瞬间,我看到他的胸部抽搐了一下。

突然我的目光被什么吸引了,他平放的右手被身体遮住了一部分。我俯身靠在棺材上,好看得更清楚些。他的右手上缠着一条我很眼熟的小银质十字架,他总是随身携带,放在左边裤兜里。但我看到还有别的什么东西冒出了一点端倪。看起来像一张亮面纸。我鼓起勇气去触碰那只手,我得看看这张纸到底是什么。我闭上眼睛,感觉到那只僵硬的手,手指无法掰开,我因为这邪恶的触感而浑身颤抖:如此僵硬,冰冷,干燥的手指。于是我用力扯出了这张纸,它从死气沉沉的拳头里抽了出来。这张纸也很僵硬,好像它也死了。不过它当然是僵硬的:这是一张照片。我母亲的照片。她一定是把它窝在了父亲的手心里,以为能被他的拳头完全遮住。我看了看父亲,然后看了看这张母亲的照片。然后我把照片塞回他握紧的拳头里,费劲地掰开父亲不情愿的冰冷手指和坚硬的银十字架,无疑照片也被我给揉得皱巴巴的。

很难想象,父亲的身体就像时钟停摆一样不再运转。他去哪儿了?我坚信"只有牛蒡会在我的坟墓上生长",死者根本不会去任何地方;当然不会下地狱,当然也不是去天堂。但死者也是幸运的,他们至少已经超越了活着的普通人,他们在别处,而不是此时此地。父亲相信他会在天堂见到他的造物主和他的父母,我想最终也会见到他的妻子和任性的儿子。但我不会在那儿,爸爸,我不会在那里,因为我不相信!我会像你一样去到别处。我们的别处在死后会有所不同,就像活着的时候一样。

我读过的一位宗教思想家告诉我,悲伤不是一种正确的宗教情感。全世界的人,除了天使,都有死去的那一天。而为一个人的死亡而悲伤,即为你所爱的人并非生来就是天使而悲伤。我父亲当然不是天使,但我为什么不能为他哀悼呢?我穿过房间来到昏暗的角落,那里有一张桌子,桌上放着许多蜡烛,有点燃的,也有没点燃的。我点燃了一支蜡烛,静静地站了几分钟:为父亲,为母亲,为我的童年,也为我妻子。火苗摇曳闪烁,忽上忽下,小小的金色烈焰绽放出璀璨光芒。

两天后举行了葬礼。帕利泽教士主持了仪式,请我致悼词。我母亲赞同他的想法,我也欣然同意。所以在葬礼前夜我熬了一个通宵,整晚都在奋笔疾书：我想把《不信之书》里的一些内容加入对父亲的告别致辞中，但不确定这样的结合是否恰当。由于彻夜未眠，我异常兴奋（这是我第一次和别人分享一点我书里的内容），我不停地回想起我参加过的唯一一次葬礼，那是我祖母的葬礼，当时我在墓地里丢人现眼，父亲命我站在他身旁。

简在葬礼前一天从伦敦赶来，早上十点，我们和卡尔一起陪母亲从牧师住宅来到教堂。我紧握着八页写得密密麻麻的纸。我们走进教堂时，母亲发出小小的呜咽声。教堂里一派"人口普查"时的盛况，这一天提前到来了。整个村子的人似乎都在这里，保罗·德杜姆来了，他站在长椅后面，仿佛要端上饮料。害羞避世的萨姆·斯佩丁脸色苍白，戴着眼镜，穿着一件绿色的短夹克，站在他母亲旁边，显然是被她强迫出现的。特里·厄普舍尔也在那儿，看上去十分悲伤。还有带着三根手杖的奥戈尔维小姐，来自杜伦的提姆·比芬，以及装腔作势地戴着黑色袖章的诺林顿先生。他看起来像一个阴险的病秧子。苏珊·佩雷斯－坦普尔旁边站着一个我不认识的男人。最前排是科林和贝琳达·瑟洛，还有马克斯。科林的眼神一贯冷静、中立,像一个参加二流讲座的人。我愤怒地注意到贝琳达邋遢得不像话,她似乎穿着最破的园艺鞋。说到鞋子,应该说我在父亲的葬礼上穿了一双崭新的鞋,正如苏格拉底在《会饮篇》开头赴宴所做的那样。这是一双上好的意大利皮鞋,在骑士桥的一家店里买的,花了我最后一百镑研究经费,我想留着等一个合适的时机再穿——不过因为我和简在十二月分居之前的几个月外出的次数越来越少,这个时机再也没有到来。

母亲,简,卡尔和我落了座。棺材摆放在正厅中央,就在我们面前。帕利泽教士开始说话:

"我们来到这里,向彼得告别。彼得照亮了我们的生活,我从未见过像他一样悉心照料羊群的牧师,同时也得到了爱的回报,不光是在这个村庄,这个郡,而是无论走到哪里,每个遇见彼得的人都爱他。我知道今天在这里有很多朋友和家人,我们每个人都在某种程度上被彼得的信仰、希望和慈爱感动。"帕利泽还谈到了彼得"天生的简朴",以及他对信仰"平静的确定"。我发觉自己对他空洞的论调十分反感。父亲的信仰果真如此简单吗?我记得他的《圣经》上贴着那张滑稽的纸条:"这是一本样书,用来代替校样。"这当然不仅仅是一个玩笑,更透露了某种不安、复杂和哲学的精妙。然而在圣诞聚会上,提姆·比芬说彼得并不"狡猾",他肯定会像约伯一样说,"我知道我的救世主还活着。"我还在胡思乱想,这时简用胳膊推了推我。该轮到我走上这座小教堂的正厅,发表悼词了。

当我走上讲坛时,我的腿在微微颤抖;很明显,少年时可怕的自我意识又在闹鬼——可怕的"重生"年代正在嘲笑我。我能感觉到一百张脸在打量着我的后背。然后我走上五级台阶,转过身,看到简正看着我,她的样子那么美丽,可怜的母亲闭上了她的眼睛,马克斯正在擦眼镜,科林·瑟洛正傲慢地等待我发表演说,仿佛等待一个学生开始答辩。

我的老师达菲先生曾建议,要"一鸣惊人"——因此我决定,以一个笑话开头:

"站在这里,我感到自己有点像我某一天在报纸新闻上看到的一个男人,他赢了一项比赛:他有一分钟的时间从银行金库中取走尽可能多的钱,无论多少他都可以保留。结果他过于激动,一头栽倒在地。"故事说完,人群中沙沙作响——笑声立刻被动作掩盖住的声音。

"就像那个男人,这一刻我不知道是胜利还是失败。我的意思是——对我父亲和我而言。当我还是个小男孩的时候,我常常梦想走上这个讲坛,发表激情澎湃的布道——谢天谢地,我父亲从未这么布道——现在,我就站在这里,他所在教堂的讲坛上,事实上这是一次我父亲无法亲眼见证的布道。就像那个赢得比赛的人,我同时也输掉了比赛。某种程度上我有了钱,但我无法留住,所以它毫无价值,在嘴里化为灰烬。

"我的一位伟大偶像,代表自由精神和自由思想的海因里希·海涅写过,马丁·路德忘记了基督教要求那些追随它的人做不可能之事。但天主教确实明白这一点,海涅说,并且已经在精神和物质之间,在灵魂和感官之间达成了一个愉快的契约。从这个意义上说,并且仅仅从这个意义上说,父亲是个天主教徒。在这个教区,没人觉得自己会被彼得·邦汀评头论足。关于'十诫',他曾开玩笑说,仅仅观察人性十个最普遍的特征,并在它们前面加上'不要',并不特别令人佩服。你不觉得他的声音就在耳边吗?"

听众发出了一些尴尬的笑声——我听到马克

斯缓慢的轻笑,现在我才觉得终于"有"了一些听众。在伦敦大学学院,我从来没有重要到可以发表演讲,但我总是想象能在一个大教室里在众人面前慷慨陈词。这里每个人都比我低了四英尺,像任人摆弄的娃娃一样乖乖坐着。科林、贝琳达和马克斯·瑟洛都在仰视着我。想象一屋子齐齐上扬的娃娃脸是什么景象。

"然而,他和我并非在所有问题上都意见一致。从根本上说,我们是互相对立的。你们中的一些人可能知道,我是一个深受神学影响的哲学家!而他是一个有哲学思维的神学家——但我们重叠的部分非常小。是的,我必须在这里诚实地说:这片地带既小且灰。我们有没有谈过我们之间的分歧?只有一次,大约两个月前,而且坦白地说,谈得太少,也太晚了。在许多人感激的回忆中,我父亲一直是个乐观主义者,但我不是。叔本华在临终前曾说过,那种你在书页之间听不到眼泪、哀号、咬牙切齿和暗自酝酿互相杀戮的哲学,不是真正的哲学。我同意这种说法。相比之下,我父亲相信上帝平静的恩典,他也应该相信。顺便说一句,我为自己不得不引经据典说一声抱歉,当然这是我从彼得·邦汀那里继承的。

我们两人在不同时期都像传说中亚历山大的狄奥尼修斯，各种古代文献中都提到过他，据说他接受了上天的指令，要阅读世界上所有的书籍。显然，尽管我不相信天堂，但我仍然遵循这些指令；你们中的一些人可能会相信，我父亲现在正拼命读天堂里的那些书呢。"

但现在，教堂里一片死寂。我环顾四周寻找定心丸。但马克斯避开了我的视线，简在她的手提包里翻找什么东西，贝琳达和科林都低头看着地板。提姆·比芬正在剧烈咳嗽。我感觉到听众背弃了我，我也和他们格格不入。为什么？我是坦诚的，这难道不是美德一种？在那一刻说出真相，告诉我父亲一些他在世时我说不出口的话，似乎是极为重要的。我汗湿的手握着那几张纸，继续说：

"总之，去年一年我写了一些东西，暂时命名为《不信之书》，这是一个大项目。最近几个月，我独自待在这里，没有妻子，比以往多出很多时间！太多时间。我在《不信之书》里提出的一个观点就是，生活本质上就是我所说的一钵眼泪。在一些人的钵里，眼泪是溢出的；在另一些人的钵里，眼泪似乎都没有装满。然而所有人都在受苦。现在我想，我父亲也受了苦，尽管他曾打趣自己和大部分人相反，简直快乐到离谱，在寻找不快乐的秘诀。你可能会感到惊讶，但我父亲也不是一个天使，这是肯定的——"

但我停了下来，因为简离开了她的长椅，正在朝讲坛走来，她扎紧的马尾飞快地摆动着，不祥之兆。与此同时，帕利泽教士也离开了座位向我走来，他和简同时在讲坛台阶下汇合。祖母葬礼上的一幕重现了！简向我招手示意，我不情愿地走下了台阶。

"汤米，达令，你情绪太激动了，"她小声说道，"你不能再这样了，请停止这么做。"

帕利泽教士更心平气和地补充了几句，意思是有几位教区居民也想说些话，应该也给他们一点时间。也许我可以在墓地边，或者在牧师住宅的午餐会时再完成我的演讲？

我目瞪口呆。我以为我刚才发挥得很不错，悼词平衡了人们对我父亲的尊重和对真实的尊重。我在简和帕利泽教士身边瞄了一眼会众。有些人正在窃窃私语。马克斯双手抱着他的脑袋。母亲和我对视了一眼，她勾了勾手指，召唤我回到座位上。她看起来很悲伤，我知道我必须服从。但事态发展到有点当众羞辱的性质，全都是简的错！我不禁怒火中烧。我转向会众说道，"各位，多位……组织者都告诉我，我演讲的时间太长了——这是参加了多年学术研讨会的后遗症！请原谅我。你们都知道父亲对我而言有多重要。"我气冲冲地回到座位上。母亲拉起我的手，在余下的仪式中一直握住不放，我对她充满了感恩。一种奇怪的熟悉感，触碰她的手让我想起了一些早已遗忘的事情。

仪式结束后，到了外面，我才得知简对这件事的解释已经深入人心。我显然是"过度激动"了——母亲一再重复简的措辞——这说法解释了我漫无边际的、被中断的演讲。每个人都认为我是被迫上台致悼词。苏珊·佩雷斯－坦普尔走过来，平静地说：

"我们都明白你为什么不愿致辞。从我个人来说，我非常不赞同孩子要为去世的父母发表所谓'悼词'的现代传统，这是在人非常脆弱的时刻雪上加霜。但我还是别说这些了。你有权独自悲伤。"

特里的悲痛尤其震撼了我。这一次，他高亢

的声音变得平静许多，音调几乎是平均的。他也为我感到难过。

"你必须上台说话，这真的不合理。你爹刚走，你根本无法控制自己，还记得我在我爹葬礼上的样子吗？"

"谢谢，特里。但你知道，我是自己想这么做的，没有人强迫我。"

"是啊，但你非要这么做，无论如何，还是不应该。"

我没有继续解释，但再次感谢了他。特里踌躇了一会儿。

"玛丽和我本想请他替我们主持婚礼，现在我们只能找别人了。"然后他又神神秘秘地补充了一句，"无论如何，那棚子我都会搭好的。"

我仍然对简飞扬跋扈走向讲坛的举动感到愤怒，决心和她对质，但首先我们得埋葬父亲。我们站在教堂墓地的西北角，三棵相近种下的樱桃树把墓地围住，在草坪上投下一片荫凉。那是一个阳光灿烂的晴天，在天气最好的五月。短暂的花期虽已告尾声，但树上仍繁花似锦，足以完全遮挡住来势汹汹的阳光，在我们身上投下影影绰绰的光点。棺材被降入事先挖好的墓穴，落地时，我想到我们周围有几百具未得救赎的尸体。想想就让人害怕：数以百计的亡灵，绝大多数或全部都相信天堂的前景。但据我所知，他们中没有一个人比这片墓地更接近天堂。帕利泽教士开始讲话。我想象忽然一阵微风吹来，数百朵小小的白色樱花，仿佛一块没有翅膀的白布飘落。它们是小小的传教士，要将大地感化为无垠的白色。祷词响起，我依然在神游："我知道我的救赎主活着，末了必站立在地上。我的皮肉灭绝之后，我必在肉体之外得见神。我自己要见他，亲眼要看他，我的眼睛就必见他，而不是别人。……我们没有带什么到世上来，也不能带什么去。赏赐的是耶和华，收取的也是耶和华。耶和华的名是应当称颂的。……死啊！你得胜的权势在哪里？死啊！你的毒钩在哪里？……"

棺材安放在墓穴中，泥土被一锹锹抛入。对邦汀家的人来说，这里不失为一个腐烂的好地方。关于这个墓地，彼得有一则他最喜欢的桑德莎尔轶闻：在十九世纪中叶，一个名叫伊诺克·斯托特的农民追求一个本地女孩。但他羞于向她开口。于是他带她去教堂墓地散步，对她说，"玛丽，我的家人都躺在这里，你愿意有一天和他们躺在一起吗?"她接受了这个暗示,嫁给了他。事实上,斯托特家族的确不少人都埋在在教堂后面。当我想起父亲讲起这则轶闻时的高兴劲儿,不禁在愤怒的泪水中破涕为笑。

葬礼午餐时,我堵住了简。她那双黑色的大眼睛挑衅地看着我。

"你在搞什么?"

"是你在搞什么?你的演讲是怎么回事?"她问。

"我……我气昏了头。"我一下泄了气,嗫嚅着说。

"愤怒可不是你一个人的特权,你知道。为什么我们不能对你愤怒?"

"'我们'是谁?"

"马克斯刚刚才对我说,'汤姆是来赞美他的,还是来诋毁他的?'所以我不是唯一一个视那篇演讲为奇耻大辱的人。"

"好啊好啊,马克斯也同意你的说法咯,真是好极了。你和马克斯。怪不得从葬礼结束他就一直躲着我。"

"马克斯同意,我想你可怜的母亲也是。"

"事实上,她对我非常温柔,不像你。"我说。

"别像个小婴儿似的。"客人们注意到了我们僵硬的姿势和激烈的耳语,在面面相觑。

"到外面来。"简说。我们走出了餐厅。"上楼说。"

我们走进圣诞节期间住过的双人卧室。"不,不要在这里。"简有她自己的坚持。于是我们去了我儿时的房间。

"汤米,我不让你继续演讲是因为你是在让自己难堪。你在当众抱怨。然后你还提到了我们的婚姻,说什么彼得不是天使——"

"那是引用了一位十七世纪神学家的名言的开头,但我还没说完你就制止了我!这句话的意思是我们不应该哀悼亲人的逝去,因为死亡只能证明他们不是天使。关键是我们没有一个人是天使。"

"我才不管这句名言是不是集甘地、爱因斯坦和特蕾莎修女于一体。听起来是在跟棺材过不去。人们都在笑。"

"我想让他们发笑。"我抗议道。

"他们在笑你!你想要这样吗?我可不想。"

"珍妮，也许你会觉得这很奇怪，但我这么说是因为我想说实话。难道你不明白，我生命中其他的一切都是谎言吗？但《不信之书》不是。我想向父亲坦承我缺乏信仰。我是在跟他说话，不是在跟别人说话。"

"但是汤米，达令——"她语气变得柔软了——"在所有人当中，你是最确定你父亲已经永远离开的人。他听不见你说话，而我们能听见。你的演讲太糟糕了，太糟糕了。你对我们的婚姻大放厥词。你在错误的时间撒谎，然后在错误的时间说真话，一切都乱了套。"

我坐在床上，看着简。

"你爱我吗？"

"我非常爱你。"

"我该怎么做，才能让你愿意重新和我一起生活？"我问。

简叹了口气，她单薄的胸脯起伏了一下。

"我没办法和一个说谎的人生活在一起。"

"当然不能。"

"我不能和一个说谎的人生活在一起，而你是一个说谎的人。你得承认这一点。"

"我是个说谎的人。"

"除此之外,关于圣诞节,那件恶心的事情,你也必须对我说实话。关于孩子,你必须对我诚实。你想要孩子吗?"

"我可以告诉你——"

简制止了我。

"我现在不想听到你说,现在不是对的时机。我不希望你脱口而出,这很值得怀疑。现在一切都变了。你说话之前最好想清楚。是的,我希望你好好思考,然后在接下来的几个月里向我证明,你可以对我诚实,对任何事情诚实,从最重要的事情到最不重要的事情。最重要的事情是关于孩子。我对哲学上的真实毫无兴趣——你在演讲时引用的叔本华什么的。我只想要日常的、实际的、平凡的、活生生的真实。"

"在接下来的几个月里,不管这个过程需要多长时间,我能和你一起生活吗?还是不能?"我问。

长时间的沉默。

"我不认为这是个好主意,你说呢?"简温和地说。

"可我如果不和你一起生活,我该怎么向你证明我的诚实?"

"我们可以定期见面,一起吃午餐或晚餐,一起去听音乐会,我们可以一起做大部分事情,除了生活在一起。就当作是几个月的考察期吧。"

"这个考察期现在就要开始?"我暗自窃喜,简也许会给我第二次机会。

"是的,现在。承认这次演讲是骇人听闻的。"

"这次演讲骇人听闻。"我心花怒放。

"别光学我,"简也微微一笑,"你得主动诚实。我不想像打开手提包到处翻找一便士零钱那样从你嘴里掏出实话。"

"好吧,倒是有一件事儿。"我说。

"是吗?哦天哪。"

"当我从母亲那里听到爸爸的死讯时——记得吗,我当时在卡尔叔叔家——我立刻产生了一个耻辱的念头,你也许会出于同情而让我回到你身边。我可以诚实地告诉你,听到父亲去世的那一刻,我脑子里第一个想到的是你。"

简移开目光,咬住嘴唇。

"哦,汤米。"

她站起来,我也立刻站起身。我们拥抱了对方。她很温柔,也温柔地抱着我——我贪婪地渴望她,手忍不住从她单薄的后背向下游走。但她挣脱开了。

"我们下楼吧,好吗?"她说。

简的提议让我在剩下的午餐时间里都飘飘欲仙。

大家都离开之后,屋里就变得很安静。我迫不及待想离开,去伦敦进入婚姻"冷静期"的新时代,如果我能找到地方住的话。母亲和我很少说话,尽管我们就我的书进行了激烈的交流。她承认她对我没有在好好读博士感到沮丧,并敦促我完成论文以"纪念爸爸"。在彼得面前,她和我一直都仰视着他,总是向他索取他吝啬的关注,这对我们而言至关重要。没有他,我们仿佛都失去了丈夫,也都失去了国王——这座大宅中的每个房间似乎都被空荡荡的王座占据。特里继续搭着父亲的棚屋;我现在明白他在葬礼上说的话是什么意思了。"我不忍心让他把棚子扒了,"母亲说,"就让他把他的工具放在里面吧。"当他没有在干活的时候,他就会弓着腰坐在小屋里他带来的一个小木凳上。

母亲抛弃了这座没有国王的宫殿;她花了尽

可能多的时间——拜访村民，感谢他们送来的鲜花和食物，或者在焕发生机的花园里种花和除草。我经常从起居室的窗户里望着她。她和特里谈了很多，棚子的每一步微小进展，他似乎都会向她汇报。一天下午当她在花园里的时候，我走进了父亲的书房。这个房间仿佛被凝固在一个邈遐的状态中，所有的东西都原封不动。但是没有人在这里日常活动，空气中失去了烟草的气味。我坐在书桌前，抚摸了桌面上的几本书。然后更有条理地翻了一下抽屉，发现了一个有趣的小笔记本，里面有一半是简短的笔记，其中一页内容如下：

波拉尼—波兰人；字面意思是"平原上的人"。

舒尔—犹太教堂的正确意第绪语单词（如古德语中的"学校"）。

骨场—特里·厄普舍尔对墓地的称呼。

兰克："我首先是一名历史学家，然后才是一名基督徒。"

兰克对米什莱的评价："他以一种无法说出真相的方式写作。"

圣贝德临终前向上帝祈祷:"哦,不要让我们成为孤儿!"

亚里士多德:为什么给予的人比得到的人爱得更多?

西莉亚·约翰逊=彼得·弗莱明太太=伊恩·弗莱明/詹姆士·邦德(诺林顿先生)

伊拉斯谟的考试不设总分。

我反复读着这一页。最后一条笔记让我完全摸不着头脑,但其他条目,每一页都有,显然构成了某种特定的书本形式。还有一整段标着"卡尔"的文字,其内容如下:

"斯洛伐克官员把他们的犹太人交给我们,就像扔掉发酸的啤酒一样。"(艾希曼)

反犹主义一词的发明者:威廉·马尔。

种族灭绝一词的发明者:拉斐尔·莱姆金。

所以这是一本提词簿,彼得在里面存储了一些已有的知识,为自己的众人面前的渊博形象私底下做的功课。有那么一刻我想:这个骗子!看看他是怎么骗人的！但仔细想想，我其实一直都知道他是个表演者，即使当时我不了解表演是如何运作的。

在我回伦敦前的最后一个早晨，我正要去洗手间的时候，听到母亲在门后的声音。水在哗哗流淌，只是因为我离门太近，才能听出水流声中夹杂着哭泣声。小时候我经常听到她在浴室里"背诵"。多年前那些寒冷的冬日清晨，当我母亲在浴室里的时候，我总是会在床上多赖几分钟……父亲似乎无法控制自己永远第一个起床走动，那会儿我还在被子里扭来扭去；我从未见过他衣冠不整的样子，他就好像一个不能被普通小兵看到没穿制服的军官一样。当他或母亲叫醒我之后——母亲总是穿着幽灵般的白色长睡衣，睡衣上有吉他品丝状的花纹，这样的设计看起来很有听觉效果，好像是为了让身体说话——我估摸着母亲要去浴室了，知道自己又能多赖几分钟的床，心中窃喜。在冬季，我要挣扎半天才会伸出一只手摸索着找到衣服，然后一把拽进被窝，像一只正在筑巢的动物一样，在被窝的余温中哆哆嗦嗦穿上衣服。所以，走到浴室门口时，我已经穿戴整齐了——我也许是这时开始变得不爱洗澡的？但我穿好衣服总是没错，因为通常这时候母亲还没出来。我能听到她在自言自语。她在杜伦一所初中教宗教知识长达七年之久，在周末或晚上，她时常会在镇上或村里的社团，或游园会和演讲日开幕式上发表演讲。对于所有这些不同形式的演讲，她的准备方法都如出一辙：把所有内容背下来。不管是坐在浴缸里还是梳妆台旁，用低低的柔和的声音，把课本或她自己写的演讲稿平静地读出来，仿佛在对一只忠诚的宠物说话："保罗离开哥林多，继续前往以弗所和安提阿，在那里向众人讲话。"但现在她在哭，而不是在背诵。

第二十五章

葬礼结束之后,我旋即在芬奇利路上找到了住处。租金很便宜,但菲利普·泽利的公司在追讨我每月还款这件事上表现出令人敬佩的高效和专业,这是我能负担的最大限度了。伦敦大学学院不想我回去教书,所以我一直靠每周的失业救济金生活。我必须得找份工作。六月份的时候我受雇于地方议会,我的任务之一是"黄昏时分"锁上报春花山脚下的公园大门。罗杰让我给他的早期音乐合唱团装信封并付我薪水。然后,在七月份火爆的促销期间,我在布朗普顿路下面繁忙的地下城找到了一份工作,担任哈罗德百货公司的地下搬运包装工。乌黑的隧道从地下商店通向一个庞大的装货区,涂着哈罗德百货专属绿色的货车停在老式的木制标志下,上面写着不同的目的地：肯辛顿、哈默史密斯、奇斯维克、汉普斯特德。这项工作既枯燥又不见天日，而且被昂贵而又负担不起的奢侈品围绕，是一种特别的折磨。我所在部门的经理挺喜欢我，要求我在促销结束后留下来，但我已经受够了这种矿工式的地下工作——为住在梅菲尔的那些中东酋长们服务。我告诉他我必须休息一段时间，因为我父亲刚刚去世。他似乎不太相信我的话。

现在是十月下旬，离葬礼过去已经五个月了。马克斯和我仍彼此小心翼翼。当然，他最近一次在罗杰家的表现也对我们的关系于事无补。上周他告诉我，他要和菲奥娜·雷蒙德结婚了，这当然会让所有人措手不及；也许婚姻会让他更甜蜜。他没有要求我做他的伴郎；我在等待，没有抱多少希望。

生活还在继续，我的节奏和学生时代区别不大，和我刚结婚时区别也不大。我醒来，躺在床上（尽量不去想简或我父亲），然后起来，在我狭小的一居室里煮咖啡（尽量不去想简或我父亲）。最近，起床变得有点困难。夏天已经正式过去，房间开始变冷。起床后，我穿上佩斯利睡袍，点上一支烟。我阅读，写这本书，有时候继续写我的论文。熟悉的乐观,熟悉的疲倦。在非常糟糕的日子里,如果我还有一点钱,我会在"奥林匹斯"吃午饭,因为席奥的阴郁能让我振作一点。对于这个生活了十七年的国家,他从来没有一句好话。今天,他奇怪的口吻让我想起了去年圣诞节和我所有的烦恼。透过"奥林匹斯"脏兮兮的窗户,席奥冷漠地看了眼窗外的大街,说道:"我觉得英格兰就是个巨大的精子库,我们就是这样。"

全能的上帝首先造了一个花园:现在,英格兰陷入了一片混乱。

昨晚,简邀请我去她的公寓——曾经是我们的公寓——共进晚餐。这让我相当激动;我们上一次见面是三周前在罗杰家,还大吵一架。因此我像去罗杰家参加音乐之夜的前一天一样兴奋,确保自己从头到脚洗刷干净,而且涂上了防晒霜。可能这就是了,我想,可能这就是决定性的时刻。

在公寓里,我一直在寻找某种信号。她做饭,我们吃了,感到既热情又温柔,然后简放了一张唱片。

"这是里希特弹贝多芬作品109的现场演出。这段慢板,优美的主题,还有变奏。"

我凝神聆听,首先听到的是背景中稳定的嘶嘶声,然后以一种方式清除了杂音——让我想起第一次睁开眼睛的灿烂清晨,钢琴的和弦响起。这是一首优美的曲子,哦是的,简单明了,像赞美诗一样,分成两节重复。第一个和弦的魔力让接下来的一切都黯然失色了。第一个和弦是原始的,把下一个和弦推向了平凡的流放。第一段的惊艳勾起了我怀旧的惆怅,我问她是否能按下停止键,从头开始听。她照做了。第一个和弦再次打破了背景噪声,横空出世。这一次我认真倾听了第二段和弦。旋律尤其稳定,既不欢快也不忧郁;相反,它似乎是知识本身的精髓,真理的黄金,在我们暴风雨般的极端背后,像云层遮挡的太阳一样永恒。然而还有另一种声音,不是音乐。有点像男人在嗅什么东西。是钢琴家在呼吸!——沉重地,几乎是不耐烦地,仿佛他在和音乐搏斗,为了守护内心巨大的平静安详。在弹奏美妙音乐的同时,这位钢琴家用鼻子使劲呼吸,这是辛苦劳作的声音,也是存在本身的声音——一个人日常的呼吸,有机体的给予与索取，我们生存的无色的风，世间万物的和风。人类努力和受苦的痕迹令人动容，我一边听一边垂下了头。多么奇怪，里希特强健的、阳刚的、屠夫式的呼吸，恰好被麦克风收音，和微妙而难以触及的音乐融合在一起。

"托马斯，达令，你流泪了吗？"

"钢琴家的呼吸声，"我简单地说，"才是你想让我听的。"

"你在说什么？"

"我能听到里希特在呼吸，挣扎……"我想尽可能对简说实话。

"我没有听到。"简说。她悲伤地看着我，说道，"我想让你听的只是曲调的简洁。如此舒缓，有什么意义吗？我在音乐会上弹了这首曲子。"

"哪次音乐会？"

"你初次遇见我的音乐会。"

"嗯，再放一次吧，这次我保证不去听里希特喘气。"随着音乐再次播放，我们坐在一起，但不知怎么的，那一刻消失了。我喝完酒，简用一种熟悉的、暴躁的方式飞快地甩了甩她的马尾辫，于是我知道我该走了。

今天早上，回想起昨晚发生的事情，我坐在

房间里，仿佛在脑海中再一次听到钢琴家的挣扎，世间万物的和风。我想起了马克斯，想起了我们在罗杰家吵架时他对我说的话，当时我只解读为敌意。"如果这本书是你自己的小秘密，是你的私人罪行，那么把你父亲的死想象成最后一个证人的离开，他本可以严肃地指证你。"但如果我还需要证人呢？我回忆起父亲的葬礼，以及棺材入坑时吹来的一阵微风，像未来一样不可见的风，母亲一直握着我的手。突然我意识到为什么让母亲握着手的感觉似乎很熟悉，因为我想到在祖母的葬礼上，我站在父亲身边，父亲似乎也全程握着我的手。我确定他一直握着我的手。在成年后的岁月里，我只有在说你好和再见时才会和他握手。现在我只想伸出手，触碰到他的手。

哦，父亲，当我还是小男孩时，日子多么令人兴奋，每天早上都是一个美妙的惊喜，那种只有当成年人有幸在旅行中经过长夜的漫漫路途，在早晨的第一缕阳光照射下醒来，发现自己身处一个未知的地方才能比拟的喜悦。如果任何人问我，我都会说我的童年很快乐，这一次，这一次我没有撒谎。我的童年难道不是一个果园？但为什么，为什么会有虫子呢？为什么有虫子？告诉我。